ャ文庫

荊《いばら》の束縛

夏目あさひ

イースト・プレス

contents

序章

一目見て違う世界の住人だとわかった。彼は、外を歩いている町人とも裕福な工場長とも違う。きっと王族や貴族といった特別な人だ。

そのころ、まだ八歳になったばかりで世の仕組みをはっきり理解していなかったレティシアは、彼と目があった瞬間『王子様だ』と単純な感想を抱いた。つい三日ほど前に、孤児院の大人の目を盗んで読んだ絵本に出てくる王子様にそっくりだったのだ。

彼はまっすぐレティシアに向かって歩いてきた。ほかに孤児たちは大勢いたけれど、なぜか双眸《そうぼう》はずっとこちらに向けられていて、手を差し伸べられたのだ。

「はじめまして。僕はフェリクス。キミの名前は？」

おずおずと差し出した、レティシアの荒れた手が握りしめられた心地は、とてもよかった。理屈ではなく肌が、体温が、本能的な部分が馴染《なじ》んでいるように感じたのだ。

フェリクスと名乗った、レティシアより年嵩《としかさ》の少年は、はじめて会ったその日からなぜか、頻繁《ひんぱん》にレティシアのもとを訪れるようになり、次第に打ちとけていった。

　そしてある日、彼に薔薇《ばら》の迷路《めいろ》に連れて来られたのだ。詳しいことは覚えていないが、なにか欲しいものはあるかと問われたので、薔薇が見たいと答えた気がする。けれど不運なことに、その迷路で彼とはぐれてしまった。

　レティシアは樹《き》の陰《かげ》にしゃがみこみ、不安な気持ちを抱えながらもフェリクスの青灰色の美しい瞳を思い出していた。あの目に見つめられているとなぜだか不思議と気持ちが安らぐからだ。

　レティシアたち子どもの世話をしてくれている孤児院の大人たちや、まわりの子の目を見ても、そんな気持ちになったことはない。母親にさえもこれほどの安らぎを得たことはなかった。

　早くあの瞳を見たい。大きくてきれいな手で髪をなでてほしい。そう思い立ちあがると、レティシアは夢中になって迷路のなかを探しまわった。

　赤い薔薇、白い薔薇、黒い薔薇。いくつもの角を曲がって走りまわっても、少年の姿は見つからない。まさかレティシアを置いて帰ってしまったのだろうか。

　途端《とたん》に、先ほどまで吹いていた風の音も薔薇の匂いも消えて、この世にひとりきりで取り残されたような気分になってしまった。

　急に視界がにじんでくる。母に孤児院へ連れて来られた日にも、夜ひとりきりで食事をした日にも込みあげなかった感情がすぐそこまで来ていることがわかった。だがレティシアは唇を結んだ。

いつからだろう、素直に泣けなくなったのは。泣くと母を困らせるから？　孤児院の大人たちに怒られて折檻《せっかん》されるから？　違う。

泣いても意味がないと知ったからだ。レティシアが涙をこぼしたところで、手を差し伸べてくれる人はいない。

自覚した途端、忘れようとしていた涙がまた込みあげてきた。

ふいに風が吹いて、レティシアの長い黒髪を揺らす。薔薇が香った。

目を閉じて花の匂いを感じていると、背後から慌ただしい足音が聞こえて、美しい少年が姿を現した。レティシアをまっすぐに見つめる、青みがかった深い灰色の瞳。

「レティ、探したよ」

いつもおだやかな顔しか見せなかった『王子様』が、髪を振り乱して慌てた顔でレティシアの顔を覗きこんでいる。目が合った途端、張りつめていた表情を解いて、こんなにも安心できる笑顔を見せてくれるなんて思ってもいなかった。

きっと自分も彼と同じような表情を浮かべていたのだろう。レティシアの顔を見た彼が、ほっと息をつき緊張感を取り払ったのがわかったからだ。

レティシアは引き寄せられるように、彼へ歩み寄る。手をつかまれ抱きしめられた。

フェリクスの腕が震えていた。こちらからも負けじと腕をまわしてしがみつくと、肌越しにふたりの鼓動《こどう》が重なる。理屈ではない部分で、この人は自分を手放すことはないと悟《さと》った。

ぎゅっと抱きしめあって、痛いほどに苦しいほどにお互いの存在を確認した。

彼の胸に顔を埋めると、爽《さわ》やかでやさしい香りが鼻孔をくすぐる。

きっとこのとき、ふたりの行きつく先が同じところであると定められたのだろう。

レティシアが望む望まないにかかわらず、この日の小さな奇跡は何年経っても、何十年経っても永遠に失われることはない。

彼の肩越しに見た薔薇迷路の上空は、すでに雲ひとつない青一色となっていた。

第一章

深い闇にたゆたう感覚だけが、レティシアの全身を支配していた。浮いているのか沈んでいるのか、いつからここにいるのかさえわからずにいる。

見上げればかすかな光が差し込んでいるが、もがいて這《は》いあがる気力はない。少し前まではとてもあたたかく幸せな場所にいたはずなのに、闇は、ふとした隙に浸食《しんしょく》してくる。

やがて淡い光が遠ざかり、沈んでいく感覚が強くなってきた。

いけない。この流れに身を任せては絶対にいけない。わかっていても、抗《あらが》うことはおろか、頭上へ手を伸ばすことさえかなわなかった。

やがてなにかが爪先に絡まった。爪先から足首、さらには手の指先から手首にもまとわりついてくる。異変を感じて視線を向けたときには遅かった。血色の薔薇、不自然なほどに白い薔薇。数えきれないほどの花をつけた蔓《つる》が、レティシアの体を搦《から》め捕《と》ろうとしていた。

蔓がうねって全身を拘束《こうそく》していく感覚がたしかにあるのに、あまりに現実みのない恐怖がそこにある。

蔓が上腕、太腿《ふともも》、腹部《ふくぶ》にまで届くころ、レティシアは間近で水音を聞いた。

ぴちゃり、ぴちゃりと雫《しずく》が不規則に滴《したた》る。真っ赤な薔薇から赤い雫がひとつ、またひとつと落ちて闇へ吸いこまれていく。雫は何度滴っても尽きることはなかったが、闇は染まることもなく赤を呑《の》みこんだ。

恐怖さえも忘れ、ただ目の前の光景を見つめていると、暗闇の向こうから光が浮かびあがってくる。

助かる。そう思って手を伸ばしたその先には、幼いレティシアと若いころの母の姿があった。

荊《いばら》に搦め捕られたまま、その光景を眺める。母に孤児院へ連れて来られた日の様子が、光の向こうに映し出されている。見たくないと思うのに、視線は光に縫《ぬ》いつけられたまま動かせなかった。

「ここでいい子にして待ってるのよ。いつもみたいに泣いちゃダメ。ちゃんと言うこと聞いてね」

「うん！」

状況を理解していない、幼いレティシアは母にうなずく。だが知っている。この先母は、面会に来なくなり、長きにわたってレティシアは孤独に苛《さいな》まれることになるのだと。

光の向こうの母が背を向けて歩いていく。なにも知らない幼いレティシアが母に手を振っている。

行かないで、置いていかないでと言えば間に合うかもしれない。変えられない過去なのにそんなことを思う。しかし蔓に腕を絡められたままのレティシアは身動きもできなければ、声を出すこともできない。やがて母の後ろ姿が見えなくなって、光は暗闇に呑みこまれていった。

目覚めは最悪だった。昨夜は幸せな気分で眠りについたはずなのに、頭も瞼《まぶた》も重い。遠い昔の記憶のせいで憂鬱《ゆううつ》になることが近ごろ多くなっている。昔はたしかに孤独に押しつぶされそうだったけれど、今は満たされていて幸せだ。なにを不安に思うことがあるのだろう。レティシアはため息をつきながら立ちあがると、窓のほうへ向かった。

窓から見下ろすと、眼下には一面に薔薇庭園が広がっていた。部屋から見るそれは小さくて、箱庭を見ているような気分になるときがある。

現状に不満はない。生活が困窮《こんきゅう》して孤児院に預《あず》けられていた十年前とは比べものにならないほどに満たされている。十八歳になった今は、広い屋敷で暮らせていてあたたかな寝《ね》床《どこ》もある。なにもかもが恵まれた環境にあるのに、昔の孤独感と記憶がふとしたときによみがえる。幼いころ心に刻まれたものは、生涯消えないのだろうか。

やがて身支度《みじたく》をしてもらって部屋を出ると、長い廊下を歩く。これでも王都の郊外にある本邸《ほんてい》に比べると規模は小さい。歴史の重みを感じさせる外観とは裏腹に、内部は曲線を多く取り入れたモダンな造りになっているこの別邸《べってい》に、レティシアは数年前から暮らしていた。

「おはよう、レティ」

回廊《かいろう》から続く階段から下りてきた人物に声をかけられる。直後、レティシアは顔を輝かせた。

「フェリクス！」

レティシアは、すぐさま義兄のもとへ駆けた。独特の色合いを持つ錆《さ》びたような銀色の髪、深く物憂《ものう》げな青灰色の瞳、非の打ちどころのないほどに整った面差しは、社交界の令嬢たちには目の毒で、正視が難しいとささやかれている。整いすぎているせいで、冷たい印象を与えがちだけれど、レティシアに向けるまなざしはいつでもあたたかい。

「危ないよ、この前もそうして転んだだろう？」

彼は駆け寄ったレティシアにほほ笑みを向ける。外出先でこのようなことをすれば品がないと周囲から非難されそうなものだが、この屋敷でフェリクスがレティシアを咎《とが》めることはない。

「いつの話？」

やわらかな笑顔をたたえているフェリクスを見上げる。彼はこの前と言うけれど、何年も前のできごとのように感じられる。

　この屋敷にはフェリクスとレティシアと、数人の使用人しか住んでいない。数年前に王都近郊にある本邸を出て移り住んだのだ。世間や親族の目のない別邸ではマナーについて口うるさく言うものもおらず、やさしい義兄との生活はおだやかで、幼いころから神経を尖《とが》らせて暮らしていたレティシアには、かけがえのない時間だった。

「レティ」

「え？」

「ちょっと動かないで」

　彼の白く冷たい手が、レティシアの髪に触れる。髪留《かみど》めのところになにかを挿《さ》されたようだ。窓へ向いて自分の姿を映すと、瑞々《みずみず》しく赤い薔薇が咲いていた。

「わあ、きれい……ありがとう」

　兄は時折こうして、生花を届けてくれる。部屋にある花瓶《かびん》に活けてくれたり、直接手渡してくれたりということは過去にあったが、髪留めに挿してくれたのははじめてだ。なぜか照れくさい。

　レティシアは彼に気取られないよう、フェリクスの横顔を盗み見る。横顔までもが完璧に美しい七歳近く年上の彼は、レティシアにとって兄であり保護者でもあった。

　軽い会話を交わしながら食堂へ足を踏み入れる。中央にある円卓《えんたく》は、普段ふたりで食事をするための卓で、来客があっても四人くらいまでしか座れない小さなものだ。自分たちと外の世界を隔《へだ》てているようでもある円卓は、レティシアの密かなお気に入りだった。

この屋敷に移り住むことが決まったときに、フェリクスが内気なレティシアのため特別に用意したものだった。

ふたりだけの暮らしは心地いい。上流階級独特の数えきれないほどのルールに従わなくてもいいし、カトラリーの扱いがぎこちないからといって、見ず知らずの人たちに嘲笑《ちょうしょう》されることもない。食事のときのマナーはフェリクスが一通り根気よく教えてくれたが、ふたりのときは、野菜や肉などはフェリクスが一口サイズに切って食べさせてくれるし、魚や果物は、骨や皮などの余分なものを除いてから取り分けてくれた。

改めて幸せをかみしめながら、ふたりで円卓について食事をはじめる。

「レティ、こっちを見て」

名を呼ばれて振り向くと、ふいにフェリクスが手を伸ばしてくる。レティシアが目を瞬《またた》いていると、彼の指先で口元をなぞられた。背筋が震えるような、やわらかな触れかただった。拭《ぬぐ》われたのだろうか。唇の端《はし》にジャムでもついていたのかもしれない。

さすがに照れくさいと思っていても、フェリクスは気にする様子もなく指を口元に運んで舐《な》めてしまう。

その妖艶《ようえん》さにレティシアの頬が熱くなった。うつむいて手を止めていると、フェリクスの視線を感じた。

「どうしたんだい、レティ？　食欲ない？」

「ううん、そうじゃないんだけど」

「ほら」

フェリクスがレティシアの好物を取って口元によこしてくれる。幼いころはよくこうしてくれた。最近では頻度《ひんど》こそ少なくなっていたけれど、時折食べさせてくれる。子ども扱いされているようで複雑だが、恥ずかしさよりも嬉しさが勝り、今日もレティシアははにかみながらも大人しく兄の手から食べさせてもらった。

ほほ笑むレティシアを、彼もおだやかな表情で見ている。彼の視線に気づいて向きなおると、彼はどこか物憂げな雰囲気を纏《まと》う目を伏せた。

「レティもすっかり、見た目は淑女《しゅくじょ》になったね」

「『見た目は』は余計だわ」

レティシアが拗《す》ねてむくれると、フェリクスは端整な顔をさらにほころばせる。それに反比例するように目許が昏《くら》くなっていくように見えるのは、気のせいか。

「でもね、僕以外の人にこういうことをさせたらダメだよ」

「こういうことって?」

レティシアが首をかしげていると、兄は冷たさのなかにも甘さを一筋にじませた笑みを作る。最近彼は、ふとしたときにこういう顔をする。フェリクスの真意はわからないが、どこか妖《あや》しげな表情も好きだった。

「もう少し意識してくれればいいのに」

愁《うれ》いをたたえた表情に見惚《みと》れていると、彼がつぶやく。なにを言われたのか理解できず問い返すが、フェリクスはかぶりを振って立ちあがった。

「なんでもない。じゃあレティ、僕はそろそろ仕事をはじめるよ」

「え、ええ……わかったわ。お仕事がんばってね」

兄の不穏な様子に少し戸惑いながらもフェリクスを送り出し食事を終えると、レティシアにとって暇《ひま》な時間となる。フェリクスには仕事があるので、午後の食事までひとりで過ごす必要があるのだ。忙しい侍女に相手をしてもらうのも忍びなく、いつもすぐに部屋を出てしまう。そうして時間をつぶし、レティシアは今日も一時間が経過したことを確認してフェリクスの書斎《しょさい》へ向かった。ノックをせずに扉を開くと、彼は部屋の奥に置かれたマホガニーの机で、タイプライターを使っていた。仕事の文書を作成しているようだ。

旧式のタイプライターが改良されてから数年で、タイプライターは貴族だけでなく富豪の間でも広く使われるようになった。とはいえタイプライターは、未だお金持ちのステータスシンボルともいえる。

「レティ、どうしたんだい？」

「ヒマなの。夕方までどうしたらいいの」

フェリクスは仕事の手を中断させると、やわらかな笑みを口元に乗せた。

「そうか。僕も少し休憩しようかな」

フェリクスは義妹が書斎にいるときには仕事の手を休めるので、レティシアは定期的に顔を出すようにしていた。放っておくと根《こん》を詰《つ》めて倒れるまで働いてしまうことがあるためだ。

「それがいいわ。フェリクス、肩凝《かたこ》ってない？」

レティシアは兄の背後に歩み寄ると、両肩に手を当てた。自分の細く華奢《きゃしゃ》な骨格とは違う、異性の体。彼と出会ってから約十年。義兄はいつの間にか大人の男性の体格になっている。

「ありがとう。レティの顔を見ると疲れがとれるようだよ」

「わたしも」

レティシアより頭一個分背が高いフェリクスを見下ろすのは、彼が座っているときくらいだ。無防備に体をあずけてくれるフェリクスの体温を感じていると、レティシアは不思議と癒《い》やされた。同時に近ごろは鼓動がひどく高鳴るようにもなっていた。こちらの気持ちなど知る由もない彼は、新たな話題を持ち出してくる。

「今日は夕方になったらポールが来るよ」

「えっ」

フェリクスが口にした名前を聞いて、レティシアは瞠目《どうもく》する。

「近くへ寄るそうだ。だから今日は久しぶりに三人での夕食だな」

「そうなの……」

「いつも僕とふたりでは、レティも退屈だろう？」

「えっ？　どうして？」

「だから夕方までは、好きに遊んでおいで」

レティシアは釈然《しゃくぜん》としない気持ちを抱きつつも、適当にうなずきながら肩を落とした。

ポールとは本邸にいたころに何度か会ったことがある。フェリクスの古くからの友人で、気心が知れているのか、フェリクスも彼の前では当主の顔を忘れて幼い表情になることがある。自分には向けられないものを与えられる彼を羨《うらや》ましく思うこともあったが、今では固い絆《きずな》で結ばれているふたりの関係には純粋な憧れを抱いていた。

「それじゃ、また夕方に。お仕事がんばってね」

レティシアはそう言い残すと書斎を出た。扉を閉めると、先ほど兄から向けられた言葉が胸中に広がっていく。

ふたりでは退屈だろうと言われた。まさかフェリクスは、レティシアと過ごしていると退屈なのだろうか。

鬱屈《うっくつ》とした気持ちを抱えながら部屋へ戻る途中、窓から庭が見えた。レティシアは屋敷を出て庭を歩くことにした。今日は日差しがおだやかだから日傘《ひがさ》は必要ないだろう。

庭園にはそこかしこに薔薇の花が咲き乱れている。自然に咲いているように見える植物ひとつひとつにも細やかな設計がされていると知ったのは、つい最近のことだ。その薔薇のすばらしさから別邸は薔薇屋敷とも呼ばれている。

『薔薇が好き』とレティシアは幼いころフェリクスに言ったことがある。薔薇は麗しさと絢爛《けんらん》さの象徴だと思ったからだ。昔、孤児院で薄汚れた古着を身に着けていたころには、薔薇は触れることもかなわない存在だった。

色とりどりの薔薇のアーチを見ても、『美しい』以外にどんな感想を抱いたらいいのかわからないほどに遠かったのだ。

願いは聞き入れられて、今は季節ごとに数えきれないほどの品種が楽しめる。

だが、咲き誇る薔薇を見ていると怖くなるときがあった。一見華やかで美しいが、奥には底知れぬ闇をにじませているのではないかと感じるのだ。闇に浮かぶ薔薇はどこかフェリクスに似ている気がする。

そのせいだろうか。広大な敷地にふたりが住むには大きな屋敷、質の高い調度品に惜《お》しみなく与えられる服飾品の数々。女性ならば一度は憧れるであろう環境にいるのに、ふいに足元が頼りなく感じられるときがあるのだ。

ふたりでいるときには思い悩むことはないけれど、ひとりになるとたまらなく不安になることがあった。もしこの先フェリクスと一緒にいられなくなる日が来たら、自分はどうなるのだろうかと。

フェリクスから『レティはなにもしなくていいから』と言われてそのとおりに暮らしてきた。そのため身のまわりのことさえできず、ドレスアップもひとりでは満足にできない。

『レティ。いいかい？　不安になったらひとりで悩まないで、必ず僕に話すこと』

記憶の中のあたたかな声が、耳元で聞こえたような気がした。この屋敷で暮らすことになったとき、フェリクスから言われた言葉だ。自分たちの間に定められた決めごとは多くない。そのうちのひとつが、なんでも義兄に打ち明けること、だ。

その言葉に従って、レティシアはフェリクスになんでも話してきた。彼はいつでもレティシアの不安と向き合ってくれた。大切にされていることが言葉でも態度でも伝わってくる。そんな兄と一緒にいるとレティシアの気持ちは癒えていくのだった。

けれど、フェリクスはどうだろう。彼の不安や不満はこれまで一度も聞いたことがなかった。妹に言っても仕方ないと思っているのだろうけれど、少し悲しい。彼の負担になりたくない。彼の癒やしになりたい。不安な気持ちを抱えるたびに、レティシアはそう思うようにもなっていた。


予定されていた夕食の時間が過ぎてもフェリクスは食卓に着いていなかった。仕事が長引いているようだ。レティシアが呼びに行ったら来てくれるだろうけれど、仕事の邪魔をしすぎるのもためらわれる。ひとりソファに座ってうつむいていると、前方の扉が開いて少し冷たい空気が頰をなでた。

「レティシア、ひとりなのか？」

名を呼ばれて顔を上げると、フェリクスの友人であるポール・フランソワが空色の双眸を丸くしてこちらを見ていた。

「ポール、いらっしゃい。お久しぶりね」

咄嗟《とっさ》に気の利いた挨拶《あいさつ》が出てこず、淑女としてはあまり褒《ほ》められない態度で応じてしまう。ポールはそんなレティシアを揶揄《やゆ》することもなく、カラッとした底抜けに明るい笑顔を浮かべた。

「よう。フェリクスはまだ書斎か？」

「ええ。予定の時間は過ぎているのだけれど……」

ポールが来ると、いつも室内が明るくなる気がする。短く切られたやや癖《くせ》のある髪は金色で、目許は瞳孔《どうこう》がはっきりと見えるくらい明るいライトブルーだ。この国の多くの人が持つ髪色よりもさらに色素の薄い金髪は、レティシアが密かに羨ましく思っているものだった。

彼のようなブロンドは、この国では美人の条件としてしばしばあげられるのだ。

レティシアは息をつくと、自分の漆黒の髪をなでた。何度己の容姿を呪っただろう。孤児院生活をしていたころには気にしたこともなかったが、上流階級での暮らしに馴染んできたころに、陰気くさい髪がみすぼらしい、と陰で笑われたことがあった。

「どうしたんだ？」

ふいにポールに顔を覗きこまれる。どうやら暗い気持ちが顔に出ていたらしい。慌てて取り繕うようにほほ笑んだ。

「なんでもないの。ポールは相変わらずきれいな髪の色だなって思って」

「そうか？　自分じゃよくわからないけどな」

照れくさそうに前髪をいじりながらも、ポールはまんざらでもなさそうだ。

「そうよ。わたしはこんな真っ黒な髪で嫌になっちゃう。フェリクスが褒めてくれるから気にしないことにしたけど……」

事実、今ではフェリクスのおかげでこの色も好きになりつつある。彼はレティシアの髪だけでなく、漆黒に濃い青をまぜたようなあいまいな瞳の色すら美しいと褒めてくれる。

「ポール、レティ。遅れてすまないな」

そこにちょうどフェリクスが姿を現した。

「フェリクス。お仕事は終わったの？」

レティシアが声をかけると、彼はおだやかな微笑をたたえて席につく。

「ああ、大方すんだよ。レティが昼すぎにかわいい顔を見せてくれたおかげだ」

レティシアにとっては普段どおりのやりとりだったが、ポールにとっては違ったようで目を丸くして笑っていた。

「おまえら兄妹は相変わらず仲睦《なかむつ》まじいな。下手な恋人たちよりお熱いよ」

ポールの放った言葉にレティシアが目をぱちくりさせていると、フェリクスは涼しい顔でうなずいた。

「だってレティは下手な恋人よりずっと、大切だからね」

予想もしていなかった返答をするフェリクスに、レティシアはなにも言えない。ポールもまさかこう返されるとは思っていなかったようで、驚愕《きょうがく》とも苦笑とも取れる表情をにじませ、咳払いをした。

「ま……いいや。おつかれさん」

その後は、くつろいだ雰囲気のなか雑談がはじまった。ポールは常に笑顔を絶やさず、話題を振ってくる。一方のフェリクスはおだやかに相槌《あいづち》を打ち、ポールの話を静かに聞いていた。

ふたりは対照的だった。髪を短く刈《か》っているポールは見るからに男らしく、たくましい体つきをしている。フェリクスは癖のない濃銀色の髪をやや長くしていて、線が細く、中性的で美しい容貌をしていて、社交界では多くの貴族を惑《まど》わせているという。

凡庸《ぼんよう》なレティシアは、どこへ行っても人を惹《ひ》きつける彼らが羨ましかった。

「しかしフェリクスも大変だよなー。おじさんの復帰はもう絶望的なのか？」

「そうだな。まあ僕だけでも会社は成り立っているから問題ない。キミのほうこそ新聞社はどうするんだ？」

「まだ修行中だよ。親父が俺には任せられないって、事あるごとに言うんだ。もうちっと信用してほしいよな」

彼らの話題は多岐《たき》にわたる。仕事のことから共通の知り合いのこと。レティシアが入れない話題のときにはただ黙って話に耳を傾けている。

アルベール家は、子爵の位を持ちながら貿易業も営んでいた。社交界では、貴族が事業に携わることに未だに眉をひそめる風潮はあるが、革新的な考えを持つフェリクスの父はそのような視線をものともせず、社交界よりも、資本家とともにいる時間を優先した。そのため、実家が大きな新聞社であるポールとも昔から家族ぐるみの付き合いがあったらしい。

「それより聞いたんだけどさ、おまえ、鉄道会社に巨額の投資をするって本当か？」

「ああ、もうしたよ」

ポールに問われたフェリクスは、品よく食事を進めながらうなずいた。伏せられた目許を縁《ふち》どるまつ毛は長く、レティシアはついつい見惚れてしまう。

「無謀だな。もっと確実なところにしろよ。おじさんが現役だったらこんな冒険止められてたんじゃねえの」

「だろうな。けれどこれからの移動手段は必ず鉄道が主流になっていく。現状維持より発展が大事だろう？」

「それで大損《おおぞん》してたら話になんねーじゃん」

「そのときは笑ってやってくれ」

「とか言って、昔みたいに大当たりさせそうだから怖いんだよなー」

レティシアには、彼らの仕事の話は難しすぎてついていけない。話題にのぼった『鉄道』すら、家に閉じこもるばかりで見たこともなかった。楽しそうに談笑するふたりを羨ましく感じながらも少し退屈になり、銀器をいじる。すると、そんなレティシアの様子に気づいたのか、フェリクスが側に控《ひか》えていた使用人にすかさず声をかけた。間もなく使用人が、パウンドケーキを運んでくる。レティシアの好物だった。

さっそくケーキを切りわけて食すと、口いっぱいにやわらかなレモンの味が広がり笑顔になる。その様子を見ていたポールが笑った。

「お、うまそうだな。俺にはないのか」

「これはレティの好物だよ。彼女だけ特別。今日、予定の時間に遅れたお詫《わ》びだ」

「へいへい」

ポールは苦笑いをする。つられてレティシアが笑うと、こちらを見守っていたフェリクスと目が合う。彼はやさしくほほ笑んだ。

「おいしいわ」

「それはよかった。ところでレティ、明日の午後は街へ出かけようか」

「本当？　嬉しい！」

「行きたいところを考えておくといい。買いものをしようか。新しいドレスはどうだい？」

置いてきぼりにされていた気持ちを一瞬で忘れ、明日の外出のことで心がいっぱいになる。なぜフェリクスはいつもレティシアの喜ぶことがわかるのだろうか。レティシアはフェリクスのやさしさに、いつも救われていた。

夜になり、帰宅するポールを玄関ホールまで送ることになった。フェリクスは馬車の手配に行っていて、レティシアはポールとふたりきりになる。三人でいると会話は弾むけれど、ポールとふたりきりでいる機会はあまりない。気づまりに感じていると、突然ポールに髪を掬《すく》いとられた。

「ひゃっ」

驚きのあまり、レティシアが間抜けな声を出すと、ポールは悪戯《いたずら》が成功した子どものように声を出して笑う。

「フェリクスは相変わらずの過保護っぷりだよなあ」

「なによ、突然」

反射的にポールと距離を取る。男女を問わずフェリクス以外からの接触には慣れていない。

さらに夕食時にフェリクスとふたりきりの時間を取られたことを少しうらめしく思っていたこともあり、ついつい棘《とげ》のある態度になってしまう。ポールはそんなレティシアに腹を立てる素振りも見せず涼《すず》しい顔で笑っていた。

「そんな目で見るなよ。兄ちゃんを奪う気なんてさらさらないよ」

「そんなこと誰も……！」

自分ほどの年齢の娘が、いつまでも兄にべったりでいるのが褒められたことではないことくらいわかっている。揶揄されたのだと気づいてもうまく言い返せないでいると、フェリクスが戻ってきた。

「待たせたな、ポール」

「よし、じゃあ俺は帰るよ」

なんとなくポールのほうを見られないでいると、彼は改めてレティシアに向きなおった。

「じゃあな、レティシア。また来るよ」

レティシアは彼のほうを見ずにうなずく。

やがて屋敷の前から馬車の立ち去る気配がしたが、まだもやもやとした気持ちが拭えずうつむいたままでいると、フェリクスに横髪を梳かれた。

「僕がいない間楽しそうだったね。ポールとなにを話していたんだい？」

「大したことじゃないわ……そもそもそんなに彼のことを知らないし」

楽しそうにしていた覚えはないが、ありのままを伝える気分にもなれず、あいまいに言葉を濁《にご》す。

「あいつはいいやつだから、仲良くなると楽しいかもね」

「……よくわからないわ」

ポールと親しくするということがうまく想像できず流していると、フェリクスはレティシアをやさしく、でもどこか妖しく見つめた。

艶《なま》めかしい視線は吸い寄せられてしまいそうな引力を持っていた。

「夜、部屋へ行くよ」

耳元に落とされた低い声に反応して、レティシアの心臓が小さく音を立てた。

「レティ、おいで」

夜中、入浴を終えて自分の部屋で読書をしていたレティシアは、ベッドに座ったフェリクスに呼ばれるままに本を机に置いて立ちあがり、彼に近づいた。照明を落とすと部屋が途端に闇に包《つつ》まれる。暗さに慣れていない視界は一時黒一色に塗《ぬ》りつぶされるが、やがて窓から差し込む月光がやわらかに部屋の輪郭《りんかく》を浮かびあがらせていく。

きっと今からすることは、誰にも言ってはいけないこと。

幼くして外界との関わりを遮断されて、兄に溺愛《できあい》されて育ったレティシアは、世の常識を知らない。だが、この行為が普通でないことはなんとなく感じ取っていた。

レティシアはフェリクスのそばまで近づくと、手を伸ばして身を寄せた。するといつものようにやさしく抱きとめられる。爽やかさのなかにも甘さを孕《はら》んだ香りが鼻孔をくすぐり、気持ちが落ち着いていく。

いつからか、レティシアはこの温もりと香りに包まれていないと眠れなくなってしまっていた。

妹が兄と同じベッドで寝る。それだけならばポールが言うように過保護な兄と甘えたがりな妹で片づけられるだろう。けれどふたりの関係は少し違っていた。

頬にあたたかなものが押し当てられる。彼の唇だ。やわらかな感触を残して離れていくのを名残《なごり》惜しく感じていると、直接唇にそれが重ねられた。

「ん……」

自分から吐息のような声が漏れる。フェリクスとの口づけはとてもあたたかくやわらかで気持ちがいい。繰り返されるにつれて、漠然《ばくぜん》とした不安がゆるやかに溶けていくようだった。おだやかに訪れる眠気にも似たその感覚は、心地いいのに体温が上がっていくようでもあり、不思議だった。

ふいに薔薇の香りが漂う。レティシアの体が熱を帯びたことで、入浴時に丹念《たんねん》に塗り込んだ香が漂ったのだろう。

「いい香りだね。甘い匂いがする。僕の大好きな香りだ」

そう言ってまた口づけられて、フェリクスの舌が唇を割ってくる。いつもより強引な兄を立ったままでは受けとめきれなくなり、レティシアはベッドへ倒れ込んだ。一際濃厚な薔薇の香りがふたりを包む。

「んっ……ぅ……」

濡れた音が聞こえはじめる。お互いの唾液《だえき》がまざりあい、舌が絡み合う。唇が離れると、ふたりを頼りなくつなぐ糸に月の光が滑《すべ》り銀色を放った。

息をつく間もなく耳朶《じだ》に口づけられる。唇と頬以外へのキスは今夜がはじめてだ。

口内に舌を差し入れられたのも最近のことで、彼と過ごす時間が増えていくほどに交わ

りが深くなり、ふたりの関係は新しいものへと塗り替えられていく。

「ふ……、あっ……」

耳朶に唇で触れられると、今まで知らなかった感覚が芽生える。胸の奥が疼《うず》くような、体の中心が熱を持つような不思議なざわめきは、恐怖感さえ抱かせた。

無言でフェリクスの腕にすがりつくと、髪をなでられた。平気だよと言われているような気がして、体のこわばりが少し解ける。

フェリクスだから大丈夫。レティシアに害を及ぼすことはしない。これは許されないことだろうけれど、自分さえ黙っていたら問題はないはずだ。この時間は続いていく。

安心すると、ゆるやかな眠気が訪れてくる。フェリクスはまた何度か唇が触れるだけのキスを落とすと、髪をなでた。

「おやすみ、レティ」

耳元に触れるおだやかでやさしい声。おやすみフェリクス、と返したいのに言葉にならなかった。代わりに指を握りしめる。朝まで一緒にいてという思いを指先で伝えると、隣に彼が横たわる気配があった。

ほどなくして、レティシアの意識は暗い夜に消えた。

＊＊＊

翌朝、レティシアは王都近郊にあるアルベール家本邸へ単身で赴《おもむ》いて、実母を見舞った。本邸の敷地内に建てられた離れは、療養のために造られたとは思えないほど瀟洒《しょうしゃ》な造りになっている。

「ママ」

「レティシア、久しぶりね」

母はレティシアを見るなり嬉しそうな笑顔になるが、頬の肉は落ち眼窩《がんか》は窪《くぼ》み、女性らしいやわらかさは感じられない。母は数年前から流行り病に冒《おか》されていた。病はここ数年で猛威《もうい》を振るい、庶民の間で多くの死者を出したのだ。母は幸いアルベール家で手厚い看護を受けられたため回復に向かっているが、以前のように元気に出歩けるようになるには時間を要するという。

子どものうちにすませてしまえば症状は軽度で終わるらしいが、成人してからかかると長い間寝込むまでになる。レティシアも何年か前に患《わずら》ったが、一週間ほど寝込んだ後は問題なく日常へと戻ることができた。当時まだ幼かったレティシアに付き添っていてくれたのはフェリクスだった。医者に任せておけという周囲の反対を押し切ってつきっきりで看病して、レティシアが回復した後に彼が倒れたのだ。

その後フェリクスも無事全快して日常生活へと戻ったが、自分が体調を崩して心細いときにそばにいてくれる人がいたことの喜びは、今でも覚えている。

「元気そうでよかったわ」

「……ママも」

痩《や》せこけてしまった母を見ているのはつらいけれど、一時期よりは大分回復したのだ。

思えば薔薇屋敷で暮らすことになったのは、母が病床に臥しがちになったことがきっかけだった。母と離れて暮らすのは寂しいと思っていたけれど、フェリクスとの生活には、驚くほど早く馴染んでしまった。

「どう？　向こうのお屋敷での生活は楽しい？」

「ええ。フェリクスはとてもよくしてくれているし、昨日はお友達も遊びに来たの」

レティシアが笑顔で告げると、一瞬母の顔が翳《かげ》ったような気がした。

なにかおかしなことを言っただろうか。怪訝に思っていると、母はすぐにやさしげな顔を取り戻す。

「そう、よかった」

母がほほ笑む。昔のようなやわらかさはないけれど、このところ寝込んでいることが多い母だから笑ってくれると安心した。

「これ、お土産にお屋敷から持ってきたの。わたしの好きなパウンドケーキ」

「あら、ありがとう。私も好きなのよ」

母は嬉しそうにケーキを受け取ってくれた。病床にいる母の食べられるものは限られているが、やわらかなケーキならば問題ないと思ったのだ。

「よかった。母娘の好みって似るのかしら」

「そうかもしれないわね。ところでお父さまのご様子はどう？」

父も母と同じ病気を数年前に患い、本邸の敷地内にある別の建物で静養していた。

「前よりはお元気よ。でもママの病気が治ったらもっと喜んでくれると思うわ」

母はもともと労働者階級の出身だった。その母がいかなる手段を使って貴族であるアルベール家の当主と懇意《こんい》になって、結婚にまで行きついたのかはわからない。後妻である母は出身の卑《いや》しさなどから、心無い言葉を向けられる機会が多かったらしいが、あくまで気丈だったように思う。自分も母のように振る舞えるだろうか。

レティシアが今の生活に馴染んでから、短くない時間が経過している。むしろ母が後妻におさまる前のことはほとんど覚えていない。一労働者に過ぎなかった自分たちが、この場にいていいのだろうかとたまに思う。

「どうしたの？　レティシア」

暗い顔をしていたレティシアに気づいたのか心配そうに母が見ていた。

「ううん、なんでもないわ。それよりも……この前はこれとは違うパウンドケーキを食べたのよ。レモン味でおいしかった」

母に自分の不安を知られないよう明るく返すと会話を続けた。昔話から近況報告まで、話題は尽きることがない。

「……あらもうこんな時間ね」

母娘のひとときはあっという間に過ぎる。時刻を確認すると、医者に決められている面会時間を過ぎていた。

「本当。そろそろ帰らないと。また来るわ、ママ」

レティシアが立ちあがると、ふいに呼びとめられた。

「レティシア。顔をよく見せて」

「ママ」

痩せこけた白い手が頬に触れる。一瞬冷たいものが当たって体を震わせるが、すぐに指輪だと気づいた。アルベール家の先代家長であるフェリクスの父親と、永遠の愛を誓った指輪だ。

「レティシアは今、幸せなのよね」

「うん」

「お兄さんとは本当にうまくやれている？」

「フェリクスと？　ええ、問題ないわ。どうしたの？」

義兄こそがレティシアの一番の理解者だ。彼なくして今の生活は成り立たないし、なにもかも頼りきりだった。

「いいえ、ちょっと……彼はとてもやさしいし、すてきな男性だと思うのよ。でもときどき、なにを考えているかわかりづらいところがないかな？　と思って」

「そうかしら？」

母に言われるまで、フェリクスのことがわかりにくいなんて考えたことはなかった。いつもおだやかで、彼が怒ったり悲しんだりしているところなど、ここ数年の間では目にしたこともない。

「ええ……はじめて会ったときから不思議な子だったわ。突然私に、自分の父と結婚してほしいなんて言いはじめて」

「え？」

母の目におだやかならぬものが浮かんだような気がして首をかしげると、母は笑顔でかぶりを振った。

「ううん、なんでもないの。レティシアが今の生活に幸せを感じているならいいのよ。安心したわ」

母はなにを話そうとしたのだろう。聞いてみたい気もするが、面会時間はすでに過ぎていた。時間どおり家へ帰らなければフェリクスも心配するだろう。

母とフェリクスの関係が昔からどこかぎこちないのは感じていた。なにより兄は整いすぎた顔立ちと高貴な雰囲気のせいで、人に誤解されやすいと聞いたことがある。母も浮き世離れしたフェリクスに苦手意識を抱いているのだろうと思っていた。

母が回復したら、レティシアが彼らの架け橋となって幸せな家庭を築いていきたい。

密かに決意すると、ひとりうなずいた。

母の見舞いから薔薇屋敷へ帰ったレティシアは、テラスでティータイムを過ごしていた。フェリクスがまだ仕事中だったからだ。いつものように読書をして待っていると、背後からにぎやかな足音が近づいてきた。

「お、レティシア。こんなとこにいたか」

背後から聞こえてきたのはポールの声だった。驚いて振り返ると、彼は眩《まぶ》しい笑顔を見せる。

「ポール、来てたのね」

「また来るって言っただろ？」

「そうだけど、昨日の今日だとは思わなかったわ」

「いいだろ、どうせフェリクスに物を届けるついでだったんだ」

「……そう」

やはりポールとふたりきりでいることには慣れない。けれど、落ち着かない思いでいるレティシアとは対照的に、彼はリラックスした様子で向かいのソファに腰を下ろして足を伸ばした。

「今日は街へ出かけるんだろ？」

その言葉にレティシアは大げさに顔をしかめる。まさかついてくるつもりか。彼の同行をフェリクスが拒むことはないだろう。またしても兄との時間を奪われるのかと危惧《きぐ》していると、ポールは目を丸くしてから吹き出した。

「面白いな、おまえって。考えてることすぐ顔に出るんだから」

「な、なによ……」

「わたしとフェリクスのお出かけを邪魔しないでーってひしひしと伝わってくるよ。相当な兄ちゃん好きだな」

　言い当てられて頬が熱くなる。ポールはフェリクスの前ではここまで露骨《ろこつ》にレティシアをからかうことはなかった。悔《くや》しいやら苛立たしいやらだが、それならこちらも遠慮する必要はない。むくれて唇を尖らせると、ふんと鼻で笑ってやる。

「わたしにまで構ってくるなんて、あなたはずいぶんとヒマをしてるのね。フェリクスを見習って少しは仕事をしたらどう？」

　レティシアの幼稚《ようち》な嫌みなど、年長者の余裕でかわされるかと思っていると、意外にも彼は肩をすくめて嫌そうな顔をした。

「おまえ痛いとこつくな。その毒は兄貴譲りか？　さすがフェリクスの妹っていうか、長く暮らしてると性格も似てくるのかな」

「フェリクスが毒を吐いているところなんて、見たことないわ」

　軽口程度ならばポールとのやりとりで耳にしたことはあるが、常におだやかな彼は使用人に対しても、厳しい言葉を向けることはない。自信満々に言い切ったレティシアに、彼は失笑した。

「はは、洗脳されてるなあ。俺もそう多くの人間と関わりがあるわけじゃないが、知る限りじゃ、フェリクスほどヤバいやつはいないぞ？　いろんな意味でな」

ポールの言葉は地味ながらも、的確にレティシアの心を突いた。握りしめた拳に力がこもる。自分の知る兄だけがすべてではない、と言われているようで面白くなかった。

「フェリクスを悪く言わないで」

レティシアが目を吊《つ》りあげると、彼は意外にもすぐに表情をゆるめた。

「あーはいはい、悪かったよ。冗談だよ」

まるで子どもをなだめるように、雑に髪をなでられる。からかわれていたのだと知ってレティシアはむくれるが、ポールは楽しそうだった。

「で、なんの本読んでたんだ？」

読書の話を振られて内心どきりとする。紙の本はまだ高価で、上流階級の人間しか手にすることができない。レティシアには似合わないと揶揄されているのかと勘繰《かんぐ》るが、ポールの目に非難の色は見えなかった。

「あなたにはつまらないと思うわ。恋愛小説だもの」

最近貴族令嬢の間で流行っているロマンス小説の表紙を見せると、予想に反してポールは興味深げに覗きこんでくる。内容は、血のつながった兄に恋する美しい妹の話だ。宗教的に許されない内容で賛否両論だが、ふたりの純愛が好評らしい。この本を選んだのに深い意味はなかったが、なんとなくポールに見られたくなくて、すばやく表紙を伏せた。

「へえ。噂で聞いたことはあるな」

「あなたが？」

「社交界での付き合いがあるから、話の幅は広いに越したことはないんだ。多分フェリクスだってそのあたりは押さえてると思うぞ」

「そうなの？」

たしかにこの本は屋敷の本棚におさまっていたものだ。レティシアが好みそうな小説をそろえてくれたのだと思っていたが、フェリクスも読んでいたのだろうか。

「社交界では女性のお相手をするときに、話題の引き出しが多い男のほうが好かれるからな。フェリクスは黙ってても勝手に女性が寄ってくるが、俺みたいなのは努力しなきゃならないってわけ」

彼の言葉の前半には賛同するが、後半には同意できなかった。ふたりはタイプこそ違えど多くの女性の心をつかんでいるに違いないからだ。だが正直に伝えてポールをいい気分にさせるのも悔しいのであえて調子を合わせてみる。

「まあ、そうでしょうね」

レティシアが深くうなずくと、ポールは不貞腐《ふてくさ》れたようにむくれた。その表情が年上とは思えないほどに幼くて吹き出してしまう。

「かわいくねえな、おまえ」

「かわいくなくて結構です」

レティシアが唇を尖らせても、彼が応戦してくるようなことはなく、すぐに口元が笑みで解《と》かれた。

「おまえも本が読めるようになったんだな。昔はよく、フェリクスが読み書きを教えてたよな。懐かしい」

「知ってるの？」

レティシアがアルベール家に来たころは、文字を書くことはおろか読むことさえできなかった。フェリクスが教えてくれたおかげで、人並みに読み書きができるようになったのだ。

当時からポールはアルベール家に出入りしていたが、会うことはほとんどなかったように思う。レティシアが極度の人見知りで、部屋に閉じこもりがちだったためだ。読み書きを教えてもらっていた時期といえば、通いの家庭教師や客人ともそりが合わず、その様子を見たフェリクスが、家庭教師を辞めさせ客人も招かなくなったため、ますます性格は内向的になっていったころだ。

今も、人見知りは治っておらず、本来ならばとっくに社交界デビューしている年なのだが、辞退している。フェリクスが無理に外へ出る必要はないというので甘えていた。

そんなレティシアを周囲は奇異の目で見ているようだが、ポールの視線からは意地の悪いものは感じられない。

妙な女だと思わないのだろうか。聞いてみたいような気もするが、肯定されると怖いから自分から話題に出すことはなかった。

「フェリクスってやっぱり、女性たちに人気があるの？」

それよりも先ほどポールが口にしたことが気になって、おずおずと問いかけてみると彼はあっさりうなずく。

「そりゃな。俺なんかより家柄もいいし、なによりあの顔だから」

フェリクスは屋敷に女性客を呼ぶことはなかったから油断していたが、外では付き合っていたことがあるのだろうか。彼の環境を思えば当然のことであるはずなのに、胸に黒い靄《もや》が広がっていく。

フェリクスはアルベール子爵家の当主だ。いずれしかるべき家柄の令嬢を娶《めと》るだろう。そのときレティシアはどうなるのか。漠然と考えたことはあるけれど、現実みを伴《ともな》うものではなかった。

「どうしたんだよ。顔が真っ青だぞ」

「ううん、なんでも……」

重い息をついて椅子に座りなおすとポールは目に見えて狼狽《ろうばい》しはじめた。

「大丈夫かよ。フェリクス呼んでくるか？」

「いいの。平気だから」

平気だと言いつつも背中には冷や汗がにじんでいた。なにがこれほど不安をかきたてるのかわからない。

「フェリクスはわたしのこと、邪魔だなんて思ってないよね……」

自然とそんな言葉がこぼれ落ちていた。

考えたことがなかったわけではないが、目を向けないようにしていた。うつむいて膝《ひざ》の上で手を握りしめる。

「それは、ねえよ」

頭上から降ってきたのはおだやかなポールの声だった。レティシアを励《はげ》ますためのうわべの言葉とか、一時しのぎのものとは違う色が込められていた。

顔を上げると視線が重なる。

「おまえそんなこと気にしてたのか？　馬鹿《ばか》だなあ」

「馬鹿って……」

「フェリクスがおまえを捨てるんじゃないかって、心配してるんだろ？」

素直にうなずく。なんだかんだでポールも年上だ。レティシアの考えなどお見通しというわけか。

「そんなことねえよ。レティシアも一度社交界に出てみるといいよ。そしたらどれだけおまえのことを溺愛してるかわかるからさ。世の男はフェリクスがおまえにするみたいには女性を甲斐甲斐しく世話しないぜ」

フェリクスをよく知っているポールが言うのだから間違いないだろう。

「それよりもおまえ、最近できた百貨店知ってるか？　国内で一番大きいんだぜ」

ほっとしていると、ポールは話題を変えてくる。彼の気遣いを感じて、レティシアもその話題に乗ることにした。

　それから数時間たわいない話をした。幼少期やパブリックスクールに通っていたころのエピソードを面白おかしく話すポールは、間違いなく女性の扱いを心得ているように感じた。ふいに脳裏に彼自身の言葉がよみがえる。

『話題の引き出しが多い男のほうが好かれるからな』

　ポールもやはり多くの女性に囲まれているのだろう、と考えているうちにフェリクスの仕事が終わったようで、彼が姿を現した。

「待たせたね、レティ」

　フェリクスはレティシアに笑顔を送ると、背後にいたポールを見て少し驚いた顔をした。

「……ポールも来てたのか」

「よう。ちょっと渡したいものがあってな。レティシアがいたんでちょっかい出してた」

「そうか。今から街へ行く予定なんだがポールも来るか？」

　フェリクスの問いかけに、ポールは一瞬目を見張るとレティシアに視線を送ってきた。どうやら先ほど、兄との時間を邪魔されたくないと伝えたことを気にしているようだ。

「いいわね。三人で行きましょう」

　自分でもなぜこんな言葉を口にしたのかわからない。先刻までフェリクスと水入らずで過ごしたいと考えていたはずだった。だが今は三人で出かけるのも悪くないと思えたのだ。

　レティシアの発言が意外だったのか、ポールは目を丸くしていて、フェリクスはそんなふたりをいつもの微笑で見ていた。

街では馬車で移動しながら買いものを楽しんだ。

女性向けの服飾品が並ぶ百貨店の一角でペンダントの試着をしていると、隣にいたフェリクスがひとつ帽子《ぼうし》を手に取る。

「これ、レティに似合いそうだね」

頭に乗せられたのは、豪華な薔薇の飾りがいくつもあしらわれた、優雅なものだった。すてきだと思っていたけれど、自分に似合うとは思えず試着する勇気も持てずにいたのだ。

「お、いいじゃねえか。似合うな」

傍《かたわ》らにいたポールも笑顔を浮かべる。本当だろうか。自分のようなみすぼらしい存在が、華やかな帽子をかぶっていいものか。

おそるおそる姿見に視線を送ると、なるほどと納得してしまった。真紅の帽子と薔薇が、レティシアの肌色を明るく際立たせている。黒髪と肌との対比をより強めていると感じた。

「どうかな。レティにとても似合っていると思うけど」

「そう、かしら……」

レティシアは言葉で戸惑いを見せつつも、表情がほころんでいくのを抑えられない。姿見のなかの自分は、はにかみつつ、ほほ笑んでいた。

「じゃあ決まりだ。こちらのアクセサリーとも合うし、ちょうどいい」

「えっ、それはっ」

レティシアが試着していた薔薇色のペンダントを外されて、フェリクスが百貨店の人に声をかける。分不相応だから試着だけにとどめておこうと思ったものだ。いずれも一目見て惹きつけられたものだから、照れくさいけれど嬉しかった。

結局ほかにも小物を買ってもらって、夕食を終えて帰路につくころには、レティシアはすっかり疲れていた。

「今日は楽しかったわ」

同じ馬車でポールを送り、薔薇屋敷へ戻ってきたレティシアはフェリクスを見上げてほほ笑んだ。

「そうみたいだね。レティはすっかりポールと仲良くなったね」

「え、そうかしら」

仲良くしたつもりなどなかったレティシアは目を丸くする。そういえばポールが今日屋敷に来た時点では、三人で街へ出かけることを億劫《おっくう》だと思っていたはずなのに、今は楽しかった記憶しかない。

三人で馬車に乗って談話している時間は存外充実していたのだ。昨日レティシアを置いてきぼりで話してしまったことにふたりとも思うところがあったのか、今日は交互に話を振ってくれた。気を遣わせてしまったことは申し訳ないと思うが、快適な時間だった。

「僕の一番親しい友人だからね。仲良くしてくれると嬉しいよ」

「仲良くっていうか……」

なんとなくこの話題は照れくさかった。どう応じていいのかわからず適当に返答していると、レティシアの顔を見つめるフェリクスと視線が重なった。

目の奥には見たこともない昏い光が揺らめいている。

「……フェリクス？」

「レティが僕以外の人と親しげにしているのを見るのは、ある意味新鮮だったな」

ますますなんと返すべきかわからなくなる。フェリクスがこんな態度を見せてきたことは今までにない。困惑したレティシアは、無理やり話題を変えた。

「そういえば、今日フェリクスが選んでくれた薔薇のアクセサリー、きれいよね。次にどこかお出かけするときに使いたいわ」

「それはいいね。近いうちにどこかふたりで出かけよう」

「本当？　約束よ」

いつもの兄に戻りほっとする。フェリクスがそれ以上ポールのことを追及してくることはなかった。

「ああ約束だ。では僕は今から少しだけ仕事をして、夜にレティの部屋へ行くよ」

いつもと変わらないはずの彼の言葉に、心音が鳴る。だがふたりでいられる時間は純粋に嬉しい。レティシアはほほ笑んでうなずくと、部屋へ駆けこんだ。

そういえば今日は退屈だと感じる時間が短かったことを思い出す。フェリクスを待つ時間はポールが相手をしてくれたからだ。

またフェリクスが仕事で忙しいときに来てくれたらいいのに。

これまでは思いもしなかったことを考えながら本を開く。

入浴と就寝前のひとりきりの時間は、なぜか昼間のような寂しさや退屈さはない。今日一日で起きたことの余韻を嚙みしめていたい。誰も見ていないのはわかっているのに、顔がほころびそうになるのが照れくさくて軽く頰に触れる。肌はほのかに熱を持っていた。

＊＊＊

数週間後、久しぶりにポールが屋敷を訪れた。三人での外出の後は頼まれもせず連日訪ねてきたくせに、突然の空白にもやもやした感情を抱えていたところに、絶妙なタイミングで現れたのだ。

「レティシア久しぶりだな。俺が来なくて寂しかったか？」

「まさか。どうしたらそこまで都合よく解釈できるのかしら？」

「ったくかわいくねえな」

言いながらポールはレティシアの髪を雑になでる。フェリクスのやさしい触れかたとは違うけれど、不思議と嫌ではなかった。

「こらポール。女性にかわいくないなんて言ったら紳士じゃないよ」

ふいに、頭をなでる手の感触が消える。振り返るとフェリクスがポールの手を笑いながらつかんでいた。フェリクスのフォローにレティシアは全力でうなずく。

「そうよ。ポールは紳士じゃないわ」

「けっ、性質《たち》の悪い兄妹だぜ。おい、フェリクス手放せって、痛えよ。おまえの大事な妹をさらったりしないからさ」

言いながらポールは、フェリクスにつかまれた手をよじって解いた。

「それならいいけど。キミは危険だからなあ」

フェリクスはいつもの微笑をポールに向けながら、レティシアの髪をなでた。その手つきはいつもより熱がこもっているようにも感じたが、深く考えないことにした。

軽口を叩きながらティータイムを過ごす。ポールが訪れるのをどこかで楽しみにしていた。否定しつつも心待ちにしていたのだ。フェリクス以外の人間に近くにいてほしいと思うことは、今までになかった。実の母にさえどこか遠慮があって、本邸で暮らしていたころには心から甘えることができなかったのだから。

「おまえたちは……。来月からしばらく会えなくなるってのにさあ」

「え？」

だから、レティシアは唐突にポールが漏らした言葉に眉をひそめた。

「新聞社の仕事でな、ちょっと外国へ取材に行くんだよ」

フェリクスも初耳だったらしく、意外そうに目を瞬く。

「そうなのか。これから冬にかけてまた社交シーズンで忙しくなるのに大変だな」

「ああ。で、今日を逃したらもうしばらく会えないからな」

「そんなに僕に会いたかったのか、ポール」

真顔になったフェリクスに、ポールも真摯《しんし》な瞳を向けて見つめあう。

「おう。フェリクスのことを思うと夜も眠れないんだよ、切なくて……」

仲のいいふたりを見ていると羨ましいと思う一方で、心が和《なご》む。レティシアにも気が許せる友人がいたらどんなによかっただろう。そのままふたりのやりとりを見ていると、ポールが苦笑いを浮かべて視線を送ってきた。

「おい、レティシア。早く突っ込んでくれないと微妙な空気なんだけど」

「え？」

目を丸くして首をかしげるレティシアに、困惑気味のポールが笑いをこぼす。フェリクスはいつもの笑顔で首を振った。

「ダメだよ、レティにとぼけても通じないよ」

「そうなのか。鋭い突っ込みを期待してたのにな」

なんて言えばよかったのだろう、と考えていると、気を取り直したらしいポールに肩を叩かれた。

「まっ、そういうわけだから俺が来なくてもベソかくなよ」

「次に会うときにはわたし、ポールのこと忘れてるかも」

「こういうとこだけは、いい突っ込みなんだな」

いつもの軽口で返したけれど、しばらく会えないという事実はレティシアの心に思いがけず重くのしかかっていた。それを証拠に、食事中いくら談笑して表向き楽しそうにしていても、その気持ちが心から消えることはなく、食事を残してしまったのだ。


ポールが帰った後、レティシアはフェリクスのベッドに腰を下ろしていた。ふたりでいれば自然とポールの話になる。

「しばらく会えないって言ってたけど、どのくらい来ないのかしら」

「寂しい？」

問われて口ごもるが、兄に嘘をつく気にはなれず素直にうなずく。フェリクスならば、最近レティシアが抱えているもやもやを解決する糸口を見つけてくれるかもしれない。自分でも己の感情が不可解なのだ。

精神が不安定なのは遠い昔からだったような気がする。今はフェリクスとふたりで地方の屋敷に過ごせて幸せだけれど、付きまとう謎の焦燥感《しょうそう》と不安感は拭えない。加えてポールへのもやもやが募って、最近では自分でもなにをしたいのかわからなくなっている。

幼いころから閉ざされた空間にいて、家族や使用人、それから孤児院の職員くらいとしかまともに関わってこなかったため、自分でも感情面が未熟であることは理解していた。

「ポールも同じことを思ってるよ」

「ポールが？」

レティシアに会えなくなると寂しい、と彼も思ってくれているのだろうか。実感が湧かないけれどフェリクスが言うのならばそうなのだろう。くすぐったい感情が芽生えて頬をほころばせていると、突然腕を引かれる。唇が一瞬重なるだけのキスをすると、ふたりでベッドに横たわった。

「仕事も大事だけど、あいつにとっては今ここへ来られなくなるのはつらいはずだ」

「どういうこと？」

レティシアの問いに、フェリクスはあいまいに笑うだけで、明確な返事をくれない。気になって再度問いかけようとすると、引き寄せられて耳朶に口づけられた。一瞬で心音が高まっていく。

「フェリクス……」

彼の舌がレティシアの耳朶をなぞる。徐々に思考が溶かされてなにも考えられなくなっていく。首筋に少し痛いくらいに口づけられてから、彼の唇は離れていった。

「次にポールが戻ってきたら、僕がいないときはずっとあいつにいてもらうように頼む？レティはそっちのほうが楽しいかな」

フェリクスはなにを言っているのだろう。たしかにポールにほのかな親しみを覚えたのは事実だが、兄の代わりになるはずがない。そう伝えたいけれどキスで思考が溶かされかけていたレティシアには、説明する気力がなかった。無言でかぶりを振っていると、フェリクスには伝わったのか、彼は昏い瞳をしながらも満足げな笑みを浮かべた。

「そう。レティがそう思ってくれているのなら、僕もなるべくキミを寂しがらせないように仕事の量を調整するよ」

「ホント？」

レティシアが破顔するとフェリクスに髪をなでられる。

くすぐったい。体の奥に芽生えかけた熱は、あっという間に霧消《むしょう》して安心一色へと塗り替えられていく。

「だからポールがいなくてもいい子にしてるんだよ」

うなずくと、頬に口づけられ抱きしめられる。ポールがいなくてもフェリクスがいてくれる。ずっと今までふたりで生きてきたのだ。

レティシアが安心して目を閉じると、心地のいい眠りが訪れた。

＊＊＊

仕事の量を調整する、という約束をフェリクスはすぐに果たしてくれた。日中ひとりきりでいることが多かったレティシアを案じてか、久しぶりに兄妹ふたりだけで遠出しようと誘ってくれたのだ。

「お仕事は大丈夫なの？」

「平気だよ。ずっと寂しい思いをさせてただろう？　たまにはふたりで出かけよう」

時折母を見舞うために本邸へ行くことはあるけれど、街にいる年ごろの娘たちのように社交に買いものにと出かけることはめったになかった。

必要なものはなんでもフェリクスがそろえてくれるからだ。

「楽しみだわ。どこへ行くの？」

「地方に、父さんが所有する別荘があるんだ」

聞くと、どうやら普段住んでいるところよりも温暖な地域に別荘があるらしい。寒さが苦手なレティシアのために選んでくれたことが伝わってきて嬉しかった。

「さあレティ。これを着て」

だが、出かけるとなった当日、フェリクスはレティシアの長い髪をひとつに束ねて、目深《まぶか》に帽子をかぶらせた。肌の露出を一切避けるようなコートを羽織るように言われて首をかしげる。

先日ポールを含めた三人で出かけたときにフェリクスから贈られた、薔薇のアクセサリーを身につけられたことは嬉しいが、ひとかけらの華やかさもない服装に覆われたレティシアはわずかに不服だった。

「外はそんなに寒いかしら？」

昨日も庭を散歩したけれど、ここまで着こむほどの冷えは感じられなかった。大げさではないかと思って問うとフェリクスはかぶりを振った。

「遠出するんだ。熱を出してからでは遅いだろう？」

「そうだけど……」

フェリクスに連れられ、汽車の駅まで馬車で向かう。付き人は荷物持ちと身のまわりの世話をする使用人がひとりずつで、貴族の旅としては異例の身軽さと言えるだろう。まさに兄妹水入らずという言葉が似つかわしくて嬉しくなる。

だが駅のホームに行きかう人々を見ていると、やはりみなレティシアよりも軽装だ。帽子を外してもいいかと問うてもフェリクスは「席についてから」と言って譲らない。どうしたのだろう。兄はいつもレティシアを尊重してくれるのに。

たどり着いた席は個室でふたりきりだ。ようやく帽子を脱ぐと、フェリクスが束ねてくれた髪が解けてさらりと揺れた。彼の表情は心なしか、いつもより険しい。

まさかとは思うが、兄はレティシアの見栄えが悪いから、人目を避けるように顔を隠して肌の露出も抑えさせているのだろうか。ふと車窓の外を見ると、華やかな金髪を持つ女性が通りかかった。

自分の濃い色の髪を一束つかんでため息をつく。レティシアだって好きでこんな容姿に生まれたわけではない。金髪碧眼の美少女だったらフェリクスは誇ってくれただろうか。

だが自分の容姿を今気にしていても仕方がない。頭を切り替えていると、フェリクスもいつものやさしげな表情に戻っていた。

杞憂《きゆう》だったのだろうか。けれど改めて外の世界に出ると、フェリクスの容貌がいかに整っているか実感する。

先ほども汽車に乗るまでに、大勢の女性からの視線を感じた。彼女たちはレティシアに一瞥《いちべつ》をくれて納得がいかないという顔をしていた。

こっそりため息をついたところで汽車が動きだす。

馬車で出かけることはときどきあったけれど、汽車ともなるとはじめてのことだった。それに今回赴く別荘には一度も行ったことがないので楽しみだ。

汽車が進むにつれて、街が遠ざかっていく。窓の外は緑と空にかかる雲ばかりの田園風景だ。

「なにも見えなくなっちゃった」

田舎の風景は、日ごろ暮らしている薔薇屋敷で見慣れている。汽車に乗るため街へ赴いたのに、あっという間に日常風景が広がって残念に思っていると、フェリクスはやさしげにほほ笑んだ。

「少し時間がかかるかもしれないけど、到着したらきっと気に入ってくれると思うよ」

「そうなの？　どんなところかしら、楽しみ」

わざわざ彼が仕事を調整してまで、レティシアとの時間を取ってくれたのだ。つまらない場所へ赴くとは思っていないが、改めて言われると胸が躍《おど》る。

汽車での長旅は退屈になるかと思いきや、心地のいい座席と兄の耳触りのいい口調のおかげで、楽しく快適でいられた。

そしてふと気づいたときには、日ごろ暮らしている屋敷付近とはまったく違った景色が広がっていた。

「わあ……」

空が明るい、と感じた。レティシアの暮らす地域は曇り空が多くて、爽やかに晴れることは年に数える程度だ。

抜けるような青空の下には、地元で見たこともない常緑樹がいたるところに生えている。独特の葉を広げる姿は開放的な印象だ。民家の屋根が見たこともない形であるのは年間を通した気候の違いが理由だろう。日差しがあたたかく、のどかで空気の味さえ違っているように感じた。

「レティ、降りるよ」

レティシアが景色を見渡していると、フェリクスに手を引かれる。

駅を出て馬車で別荘まで移動する。

「あ、あの花きれい。一本欲しいわ」

ゆるやかな勾配《こうばい》が続く道を、馬車はゆっくりと進んでいく。道端に揺れる青い花がきれいで指さすと、フェリクスは特に関心なさそうに一瞥した。

「あれは雑草だよ」

「そうなの？　でもかわいい花」

「だめだよ。レティのきれいな手が汚れてしまう。キミにはもっとふさわしい花があるんだから」

兄がレティシアの手を取って指先をなでる。背筋が震えるほどに艶めかしい感触だった。

普段は安心した気分になるのになぜだろう。感触がいつになく淫靡《いんび》な気がした。

フェリクスとは口づけより少し先の行為をしたこともある。だがそれは屋敷内でのできごとであり、特別に意識していなかった。正しくは意識しないように努力していたのかもしれない。

だが今は兄とレティシアが水入らずで非日常の世界に足を踏み入れている。間もなく到着する別荘で、日常との境界線を完全に超えてしまう気がしていた。

「レティ、ついたよ」

フェリクスの声につられて顔を上げると、庭園が広がっていた。

「わあ……」

思わず感嘆の声を漏らす。定期的に庭師が管理しているのだろう。木々や植木はきちんと剪定《せんてい》されており、それらを彩《いろど》るように赤い薔薇が所狭しと植えられていた。

本邸や普段暮らしている屋敷には、色とりどりの薔薇が咲き誇っている。だがこの別荘には同系色の花しか植えられていない。それがまた普段とは違った雰囲気を作りだしていて、空間を幻想的に仕立てているように見えた。

奥へと続く道を歩いていくと、建物の外観がよく見えてくる。

「なんだか屋敷とは違う雰囲気ね」

「外国の建築家が建てたらしいよ」

半世紀も前のことだと言う。重厚な建造物は定期的に修繕《しゅうぜん》や管理がされているのか、古めかしさを感じることもなく、堂々とした佇《たたず》まいを見せていた。

「行こう、レティ。裏手には海が見えるよ」

「本当？」

「ああ。海水浴には少し寒いけど、散歩するくらいならちょうどいい季節だ」

幼いころは貧しくて余裕がなく、成長してからは薔薇屋敷にこもって育ったレティシアにとって、海は未知の世界だった。

真っ赤な薔薇のアーチをくぐって別荘へと歩いていく。心なしか花の香りが薔薇屋敷や本邸よりも強い気がした。嗅《か》ぎなれたものであるはずなのに、ひどく艶を孕んだ香りにぞくりと背筋が震えた。

兄の案内で別荘に足を踏み入れる。磨《みが》きぬかれたホールを横切って木造りの階段をのぼっていくと、正面玄関とは逆方向にバルコニーが開かれていて、青々とした世界が広がっていた。

生まれてはじめて見る景色だった。黒と白とその濃淡のみで表現される書物や写真とはまるで違う。やわらかに降り注ぐ日差しが水面に揺れてきらめいていた。

バルコニー脇には階段が設置されていて、砂浜へと下りていけるようになっていた。

「さあ、こっちだよ」

フェリクスに手を握られて、誘導されるままに足を進める。

砂浜は入り江になっていて、あたりには人影もない。砂浜におり立って、嗅ぎなれた薔薇の香りとともに不思議な匂いが鼻孔をくすぐった。

「なにかしら、この匂い」

「潮風だよ」

「海って匂いがするのね。知らなかった」

「地方出張でよく、このあたりへ来るんだ。そのたびにこの景色をレティにも見せたいって思ってた。今は日差しがおだやかだけど、夏は暑いくらいだよ」

レティシアのいないところでも自分を思ってくれている、と実感できて嬉しい。ひとりのときに寂しい思いをしているのは彼も一緒なのだろうか。

入り江を囲んでいる崖《がけ》の木々の合間を、濃いピンクや真紅の薔薇が彩っている。なにもかもがはじめてで、新鮮だった。

「ほら、おいで」

彼に手を引かれるままに歩を進めると、白い砂に足が埋まってしまう。歩きにくくて困惑していると、フェリクスが笑ってレティシアのブーツに手をかけた。

「靴を脱ごうか。今の時間なら寒くない」

彼の提案はレティシアにとっても魅力的だった。兄に手伝ってもらって靴を脱ぐと、そっと砂地に足をつけた。

「やわらかい」

自分の表情が笑顔になるのがわかる。つられたのか兄もおだやかにほほ笑んでいた。

「レティ、楽しい？」

「ええ、とっても！」

打ち寄せる波に音があることも、空気の味が違うことも知らなかった。印刷物では伝わってこない生身の肌で感じるものは、レティシアをより現実世界から遠ざけていくようだった。

早めの夕食と湯浴《ゆあ》みをすませると、レティシアにあてがわれた部屋へ案内された。海側に面した部屋で、壁が一面ガラス張りになっていて、窓を開けるとテラスに出て海を眺められるようになっている。

「レティ、こんなところにいたのか。風邪を引くよ」

「フェリクス。大丈夫よ」

涼しいけれど寒いというほどでもない。薔薇屋敷と違って、日が暮れてからも海に面したテラスはあたたかかった。海から吹いてくるおだやかな風が、レティシアの長い黒髪を揺らす。

上空から徐々に宵闇《よいやみ》が迫ってきて、水平線のかなたの淡い光が夜の色に呑まれていく。

砂浜は闇に紛れて、残されたのは波音と薔薇の香りだけだった。

なぜだろう。屋敷とは色が違う薔薇の香りは、闇を纏うとさらに濃く深くなっていく。

昼間に別荘へついたときから、言い知れぬ淫靡さを感じていた。

ふいにフェリクスが肩を並べてきた。

体が熱い。心臓がわけもなく音を立ててうるさい。隣にいるフェリクスに聞こえてしまったらどうしようと思うが、波がごまかしてくれると信じたかった。

肩が触れあったのは偶然か必然か。それがきっかけで、フェリクスに手を握りしめられる。ひどく熱を持った手が気恥ずかしかったけれど、彼はそっと手のひらを重ねて指を絡《から》めてくれる。兄の手はひやりとして心地よかった。高まりすぎた熱を吸い取ってくれる。

やり場のない想いの行きつく先として彼がそこにいてくれるかのような錯覚を抱いてしまう。

「フェリクス……」

つぶやきは唇でふさがれた。心音が高鳴っていく。

鼻にかかった息が漏れる。接吻《せっぷん》ひとつでも日ごろとの違いを実感した。舌を絡められて、口づけが深くなるにつれて意識が蕩けそうだ。

フェリクスに引き寄せられると、レティシアの肩が空気に触れた。頼りない夜着がはだけられて、役割を放棄《ほうき》しようとしている。

大丈夫、なにも変わらない。屋敷で夜な夜な繰り広げられていることと違いはない。

自身に言い聞かせながら、レティシアは一切抵抗することなく兄に身を預けた。

再び唇にキスを落とされる。絶え間ない口づけに呼吸が苦しくて溶けそうだけれど、たしかに心地よさを感じていた。

「フェリクス……なんか変」

今までにこんなことはなかった。くすぶるような熱が体の奥にたまっているのが不安で思ったままを言葉にすると、頬に口づけられて耳元に低くささやかれる。

「大丈夫。それは気持ちいいってことなんだよ。僕が教えてあげる」

「気持ちいい……？　んっ……」

かろうじてレティシアの体にすがりついていた肌着が、フェリクスの手で剝がされた。なにも身に着けていない胸元に触れられて、体が鼓動を刻んだ。拒絶からではなくて、明確な官能の震えだった。

「レティはなにもしなくていいよ」

言いながら、彼はレティシアの胸の先端を唇で挟んだ。

「あっ……」

思わず声が漏れる。ほどよくあたたかい口内の粘膜は、甘い痺《しび》れを呼び起こすには十分だった。胸を手で、指で、唇で弄《もてあそ》ばれるたびに下肢《かし》が熱をもって疼く。

自分では蓄積《ちくせき》する熱の散らしかたを知らない。本能のままに兄に体を寄せて腰をよじっていると、フェリクスがレティシアの薄い茂《しげ》みに触れた。

恥ずかしい。でも高まる鼓動のせいか、ますます濃くなる薔薇の香りのせいか、口先だけでの抵抗もできそうになかった。

明かりも灯っていない薄暗い部屋だ。お互いの輪郭はわかるけれど表情までは知られないのがせめてもの救いだ。羞恥に耐えていると、フェリクスは唐突にレティシアの秘裂を指でなぞった。

「すごい、もうこんなに濡れてる」

彼が笑うのが気配でわかる。

「いや……」

普段は潔癖な兄から発せられる淫靡な言葉に、レティシアは赤くなった顔を隠すので精一杯だった。

「見せて」

言葉はやさしいが命令だった。足首をつかまれ脚を大きく開かれ、レティシアは背後に倒れた。

割れ目にフェリクスの視線を感じ、恥ずかしくてたまらないはずなのに、羞恥よりも高《こう》揚《よう》感が生まれていた。

「いや、あ……っ」

「あふれてくる」

嬉しそうにつぶやきながら、フェリクスはそこを再び指でなぞった。体が弾かれたように震えて、熱がたまっていく。彼はさらに割れ目に指を這わせると、襞《ひだ》を押しわけて筋に触れてきた。

「や、あ、あっ……」

秘所から背骨にかけて甘い痺れが込みあげる。彼の触れかたはやさしかった。けれど同時に容赦《ようしゃ》がなく、レティシアを確実に追い詰める。

先ほどからあられもない声をこぼしている自分が居たたまれなかった。耐えられなくて、声を押し殺したい一心でフェリクスに顔を近づけ、唇を自分から重ねる。

「んっ、ん……」

兄とのキスは、なぜこれほどまでに心地いいのだろう。なぜこんなにも心が弾むのだろう。幼いころから特別だったフェリクスが、レティシアのなかでいつしかさらに形の違う『特別』になっていくのを感じていた。

口づけに夢中になっていると、秘裂の奥にある花芯を捏《こ》ねられて体が大きく跳ねる。

「んぅ……っ」

芯をなぞられて、なにかがあふれ出してしまいそうになる。必死で未知の感覚に耐えていたとき、フェリクスの手がレティシアの秘部から離れた。

突然の残酷すぎる終わりに目を潤《うる》ませていると、暗がりのなかフェリクスがほほ笑んだ。

「大丈夫。そんな顔しないで」

目は徐々に暗さに慣れていた。そのせいで彼の妖しげな表情が見えて、鼓動が高まった。

「え……？」

腿をつかまれ重心を失ったレティシアがベッドに沈むと、すかさず膝を割られた。なにかが頂上間近にまで高められたにもかかわらず、果てを与えられていないそこが疼く。鎮めてほしくて心音を募らせていると、フェリクスはすぐにレティシアの秘唇に口づけた。

「ふ、あっ、あぁ……」

淫靡な水音が聞こえた直後、彼があふれた粘液を吸いあげて、嚥下《えんか》した気配があった。彼の舌は、レティシアの陰部をいやらしく這って、隅から隅までを舐めまわす。

割れ目はもちろん、皮に包まれた突起、蜜があふれてくる穴にまで舌を差し込みなぞり、唇で吸いついた。

「は、ぅ……あ、あ……んっ」

不可解な熱の波は絶えず押し寄せている。もっとこの感覚を長く味わっていたいのに、限界はすぐそこまできていた。高みにまで押しあげるように、フェリクスはやさしく、しかし性急に花芯に吸いついて、舌をねっとりと絡ませる。

「あ、あっ、いや……あぁぁっ……」

果てが近づいてくる。なぜだろう。先ほどまでは戸惑いばかりだったのに、今は終わってしまうことが寂しい。

義理の兄であるフェリクスに、レティシアは誰より熱く深く触れてほしいと願っている。許されることではないとわかっている。この行為が世間から後ろ指をさされるということも。だが本能は騙《だま》しきれない。

「フェリクス、フェリクス……」

「レティ……」

夢中になって彼の名を呼ぶと、名前を呼ばれる。宙をつかむように差し出した手を、フェリクスは指を絡ませ握りしめてくれた。あふれたものを吸われてまた飲みこまれる。ごくんと音がして、突起や筋に再び彼の舌が蠢《うごめ》いた。

「はぁ、ん、あぁっ、あっ……」

脳まで溶けてしまいそうだった。刺激に体が勝手に反応し、痙攣《けいれん》して、腰が浮いて逃げてしまうけれど、フェリクスはレティシアを逃がさず、足の下に腕を通して腰を固定した。どんなに跳ねても直に快感を味わうことになってしまう。

「フェリクス……も、ダメ……」

レティシアの屈する言葉に、兄は鼻にかかった笑いを漏らすと、包まれていた突起周辺の皮を指で押しあげて、むき出しにした。日ごろはつつましい突起が、今は完全に充血しているようで、真っ赤に腫《は》れて主張している。

一番敏感で、一番気持ちいいところに、フェリクスは唇でやわらかく、でも一切の容赦なく吸いついた。

「ひゃ、あ、んっ……あっ、あぁっ……」

痺れる快感。脳内で白い光が弾けて、全身が痙攣した。

「ああレティ。こんなときのキミもとてもきれいだよ」

しかしフェリクスは、達している最中のレティシアにも手加減することなく、舌を突起に這わせていた。そのせいで快感は驚くほどに長く続き、意識が遠のくほどの高みに放り出されたままの状態で、翻弄《ほんろう》される。

自分の乱れを抑える余裕などない。感じるままに声を出して愉悦《ゆえつ》を享受《きょうじゅ》する。強く閉じた瞼の裏で、光が激しく瞬く。

頭の奥を白く焼き尽くすような、強烈な快感が全身をめぐってから、ようやく意識は下降した。

第二章

季節が移って、薔薇屋敷の彩りにも変化が出てきた。街へ出ると肌寒さを感じるようになってからは、レティシアは以前にも増して屋敷にこもりがちになっている。昔つい薄着で外出してしまって、熱を出すことが頻繁にあったせいか寒さは苦手だった。

「レティ。朝食はもう終わったかい？」

食堂の円卓で朝食をすませスコーンを焼いていたところで、兄に声をかけられる。

「ええ、フェリクス。スコーンを焼いていたの。それより今日の予定は……」

「ずっと仕事だよ」

そっけない返事にレティシアは肩を落とす。最近は少し、フェリクスとの距離を感じていた。もちろん露骨に避けられるようなことはないし、以前と変わらずやさしい。だが確実になにかが違う。彼の仕事が多忙を極《きわ》めていて、ふたりの時間が減っているからそう思うのだろうか。

ふたりだけの生活は続いているのに、海辺の別荘を訪れたことが遠い日のように感じられた。

あの日以来、なにかが変わってしまうと思っていたが、翌朝からもフェリクスはいつもどおりで、あの夜に見せた妖艶さは微塵《みじん》もなかった。

兄がなかったことにしたいのならば、レティシアは従うことしかできない。だが、今まで見まいとしていた、フェリクスへの気持ちの断片に気づいてしまった。

彼はレティシアにとって特別で、ほかの男性とは違う。でも心臓の奥にちくりと突き刺さるこの気持ちは伝えることはできないし、機会は永遠に訪れないはずだ。

レティシアは自身に言い聞かせると、無邪気で明るい顔を装って、残りの休暇をフェリクスとふたりきりで楽しんだ。少しの時間さえ無駄にしたくはなかった。

薔薇屋敷に帰ると、すぐに日常へと戻った。それが安堵すべきことなのか悲しむべきことなのかわからない。

ただ、レティシアは使用人にせがんでキッチンに足を踏み入れることが増えていた。なにかをしていないと耐えられないほどの孤独感が、胸を覆い尽くすようになったのだ。

別荘での一件以来、レティシアは兄の肌越しの熱をたびたび思い出すようになっていたが、もとの関係に戻りたい一心で、食堂にいる兄に話しかける。

「今日のお夕食は、わたしも作るわ」

「それは楽しみだな。でも無理をしてはいけないよ？　じゃあ僕はそろそろ仕事をするよ」

やさしくほほ笑むとフェリクスは食堂を後にした。料理をはじめたばかりのころに、一度指を傷つけたことがあってひどく心配されたのだ。指の切り傷くらい数日で治るのに、フェリクスの動揺ぶりはレティシアを困惑させるほどで、料理を禁じられてしまいそうだった。

料理やお菓子作りは慣れるまでが大変だったが、屋敷の料理人たちに教わりながら続けていると、包丁くらいは扱えるようになってきた。今ではフェリクスに出しても問題のない程度には腕が上がっているので、今日もスコーンを作っていた。来客用にするまでにはいたらないが、屋敷に客人が来ることは滅多にない。ポールが外国へ赴いてからは、ひとりも来ていないのが実状だ。

「そういえばポール、元気かしら」

ぽつりとつぶやく。

『次に会うときにはわたし、ポールのこと忘れてるかも』

彼に向けた悪態《あくたい》を思い出す。日常はおだやかに続いているが、心の片隅にはポールの姿があった。

フェリクス以外の相手との触れあいに慣れていないレティシアが、たまたま頻繁に会って構われたことで気にかかっているのだろう。そう結論づけると、レティシアは焼きあがったスコーンの味見をした。

「うん、おいしい」

フェリクスは喜んでくれるに違いない。でも、ポールはどうだろう？　意地悪な笑いを浮かべて下手くそだとからかってくるだろうか。一瞬頭をよぎった彼の顔を振り払いながら、焼き菓子をプレートに並べた。

ティータイムが終われば、またひとりきりの時間がはじまる。最近はひとりにも慣れてきたけれど、寂しくないという意味ではない。

単身サンルームへ赴くと、ガラス越しの陽光があたたかかった。外は寒いけれど室内はどこでも過ごしやすい。読書をしていると、ついうとうとしてしまう。昨夜は遅くまでレース編みをしていたから寝不足だった。最近フェリクスは夜も毎日一緒に寝てくれるわけではなかった。

最初は寂しくて眠れない日々が続いた。ときには別荘での夜を思い出して、熱を持て余すこともあったけれど、徐々に時間の費《つい》やし方を覚えて有意義に過ごせるようになってきた。レース編みも最近になって覚えたものだ。

けれど本当は寂しい。フェリクスが多忙なのは、レティシアに一切不自由のない生活をさせるためだとわかっているから、面と向かっては言えないけれど。

自分はこのままでいいのだろうか。今のままではフェリクスとの距離が、心も体も遠くなってしまうような気がするのだ。

考えまいとしていた不安が押し寄せてきて、もやもやとした気持ちになった。

頭は冴えていたが、疲れた体は屋根から降り注ぐ光にあたためられて、ゆるやかに眠りへと誘われていった。

ふいに瞼を持ちあげると、レティシアは薔薇の咲き誇る庭園にいた。普段暮らしている屋敷の庭ではない。果てしなく広くて塀も建物も見えない。不安になって立ちあがろうとした瞬間、地面が消えて足が虚空《こくう》に呑みこまれる。

なにかを叫んだつもりだったけれど喉が張りついていて声にならず、あっという間に庭園の光は届かなくなって闇一色があたりを覆い尽くした。

大丈夫、これは夢。昔からレティシアの精神が不安定になると決まって見るあの夢だ。わかっていても不安は拭えず震えが止められない。

頭では幻だと理解しているのに、闇が濃く深くなっていくにしたがって呼吸までが苦しくなった。水底へと沈んでいくような感覚に目を閉じても、視界が閉ざされることはない。落ちていく。時折白い泡が下から上へと流れていくのが見えた。足に何物かが絡みついてくる。見なくても真っ赤な薔薇の蔓だとわかる。

早く覚めてほしいのに、自分では抜け出す術を知らない。蔓は上半身にまで伸びてきて、ついに首に差しかかった。

しかしレティシアの白い喉に蔓の棘が刺さる寸前で、頭上から鼓膜を揺さぶる声が聞こえてきた。

「……い、おい、大丈夫か」

暗闇が引き裂かれる。細かい闇の粒が光に溶けて消えていく。闇の底から引きずり出された感覚に目を開けると、懐かしい顔がレティシアを覗きこんでいた。

「ポール……？」

「うなされてたぞ」

状況が呑みこめないレティシアが周辺を見渡すと、そこは普段暮らしている屋敷のサンルームで、テーブルには読みかけの小説が置かれていた。日はまだ沈んでおらず、ほんのりとあたたかい。

「平気……ありがとう」

「そうか」

ポールはうなずくと、レティシアの近くにあった椅子に腰を下ろした。

まだ頭が完全に覚めていないようで瞼が重い。しばらく互いに無言でいたが、徐々に意識が明確になってくる。

「……そ、そういえばポール、いつ戻っていたの？」

「おいおい、今さらかよ」

彼が苦笑する。いくら悪夢にうなされていたからといって、無防備な寝顔を見られてしまったことを恥ずかしく思い、ごまかすように尋ねると、ポールは以前と変わらない屈託《くったく》のない表情を見せた。

「仕方ないじゃない。わたしは社交界とは縁がないんだから、あなたの動向なんて把握してないわ」

レティシアがむくれると、ポールはいつものように頭をなでてくる。空色の瞳に見つめられ、ほんのりと頬が熱くなった。

「今日戻ってきたんだよ」

「……お疲れさま」

「おう。お、これうまそうじゃん」

ポールがテーブルに置いたままになっていたスコーンをひとつつまみあげる。レティシアが、あっ、と声を漏らすよりも先に口に放り込んでしまった。意図していなかったとはいえ、未熟な自作の菓子を客に出してしまい焦《あせ》っていると、ポールは平然と飲みこんでレティシアに向きなおる。

「ん。これおまえのか。食ったらダメだったか？」

レティシアの食い意地が張っているかのような言いかたをされるが、かぶりを振ってポールの顔を覗きこんだ。

「そうじゃないけれど、なんともない？」

「なにが？」

「だから……」

「うまかったぞ。もう一個いいか？」

「え、ええ……」

レティシアが呆然としていると、ポールは本当にもうひとつつまんで口へと運ぶ。彼も富裕層の出身だ。昨日今日菓子作りをはじめたレティシアの手作りを、おいしいと言ってくれるとは思っていなかった。嬉しいようなくすぐったいような気分だ。

使用人に紅茶を淹《い》れてもらって、予期せぬふたりでのティータイムを終えたころに、ポールが意地の悪い顔を向けてきた。

「そういえばレティシア、俺のこと忘れてなかったみたいだな」

彼の表情を見ていると、こちらが少しだけ寂しいと感じていた気持ちまでもが見透かされているような思いになる。内心焦るが、以前のような調子で絡まれると、やはり悪態が口を突いて出てしまう。

「そんなにわたしの記憶力は頼りなく見えるのかしら」

「いや？　本当に忘れられてたらどうしようと思って、馬車を飛ばしてきたからな」

心の奥に甘いものが込みあげる。胸から喉のあたりが鈍《にぶ》く重くて妙な感じだが、決して嫌なものではない。こんな感覚ははじめてだ。

「よ、よく言うわ。わたしよりフェリクスに会いに来たんでしょう？」

「否定しないが、それなら明日以降にゆっくり来てたよ」

ぽん、と頭に触れられる。こんなときどんな言葉を返したらいいのかレティシアは知らない。戸惑っていると、サンルームの扉が開く音がした。

「……ポール？」

問いかけるのはフェリクスの声だ。そういえば最近レティシアとポールが話しているときに、フェリクスが遅れてやってくることが多い気がする。

ポールと仲良くさせることで、レティシアに兄離れさせようとしているのだろうか。少し落ち込んだ気持ちを抱えながら振り向くと、一瞬、フェリクスが剣呑な目をポールに向けていたように見えた。しかし瞬きの間にその表情は消え失せ、笑顔でポールを歓迎する。

「やあ、ポール。帰ってたのか」

先ほどの顔は見間違いだったのか。レティシアが見たことのない兄を垣間《かいま》見た気がしたのだが。

「おう。久しぶりだな」

「こっちへはいつ帰ってたんだ？」

「ついさっきだよ」

「へえ。ここへ直行してくれたのか。それはレティも喜んだだろうね」

ふたりが挨拶を交わすと、以前と変わらない時間が流れはじめた。兄の態度をぎこちなく感じていたのは、やはりレティシアの勘違いだったようで安心する。

ふと、この時間と関係がずっと続けばいいと思った。今までに考えたこともなかったが無性にそう思う。この屋敷でフェリクスとふたりで暮らして、週に何度かポールが訪れる。

いずれ誰かが結婚して関係は変わっていくだろう。でも、できるだけ今の時間が続いたらいい。

そんなふうに思い、ふたりのやりとりを眺めていると、背後から慌ただしい足音が聞こえてきて、使用人がひとり姿を現した。

「お嬢さま……」

来客中に使用人が会話に割って入ることは滅多にない。レティシアに重要な用件でもあるのだろうか。胸中をかすめた不安を振り払うより先に使用人が口を開く。

「奥様が……」

レティシアの小さな願いは、育てる間もなく小さくヒビが入りはじめていた。

「ママ……」

母の病状が悪化したとの連絡が届き、レティシアは動揺しながらもフェリクスに付き添われて、馬車で本邸へと赴いた。前回会ったときには顔色がよくて、体力の回復を待って以前の生活へ戻る準備をしよう、と話していたはずだ。

医者の話では、体力が落ちていたところに運悪く細菌感染してしまったという。健康な人間にとっては大したことのない細菌でも、体力が落ちている母にとっては命取りになりかねない。

「僕は医者に詳しい話を聞いてくる。ポール、すまないがレティを見ていてくれ」

フェリクスが席を外すと、レティシアとポールは廊下に取り残された。時刻は真夜中に差しかかり、窓の外は真っ暗闇に包まれている。廊下の壁にある燭台《しょくだい》の灯りだけが頼りだった。

「ごめんなさいね、わたしのせいでこんな時間まで……」

仕事から帰ってきたばかりで疲れているだろうに、振りまわして申し訳ないと謝罪すると、力強く肩を引き寄せられた。

「なに言ってんだよ。こんなときくらい甘えてろ」

突然の接触に戸惑いを覚える。けれど寂しさと不安に押しつぶされそうな今、突っぱねる気にはなれなかった。

「ママ、別人みたいに痩せてた」

小声のつぶやきが、誰もいない廊下にはやけに響いて余計に心細くなった。

「薬指の宝石だけが以前と変わらず艶があって」

「指輪か……」

ポールの声がレティシアの言葉に重なる。指輪。この国で薬指にはめられた指輪の意味合いは、他国とは比べものにならないほどに重い。古くから結婚と愛に重きを置く習慣で、不倫は大罪であり離婚は法律で許されていない。

愛を誓う指輪を交換したもの同士は、どちらかの命が尽きるまで離れることは許されないのだ。

レティシアの実父はこの世にいない。血のつながっている人間は、母ひとりだけだ。もし母になにかあったら自分はどうなるのだろう。言いようのない恐怖に苛まれて震えていると、ふわりとあたたかな感触が背に当たった。ポールに抱きしめられたのだと気づくのは、すぐのことだった。

「レティシア、しばらくこっちの本邸で過ごせよ」

「え？」

「そのほうがいいだろ。おふくろさんの容態《ようたい》がどうなるかわからないのに、向こうにいたら不安だろ」

「でも……」

別邸へ移り住むことを決めたのはフェリクスだった。実母の弱っていく姿を近くで見なければならないレティシアが可哀想だという配慮からだ。だからフェリクスに相談もなく決めることはできない、と言うより先に彼が言葉を遮る。

「大丈夫だよ、フェリクスには俺から言っておいてやる。ここからは俺の実家も近いし、顔くらいなら見にきてやるからさ」

「本当？」

「ああ」

不思議なくらい気分が軽くなっていた。彼の提案が特別だったわけでも、解決策が見いだせたわけでもないのに、震えが体から消えていた。

「今日はとりあえず寝たほうがいいぞ。もう真夜中だ」

「そうね……でも」

母の意識は戻っていない。レティシアが廊下で祈っていたところで状況が変わるわけではないが、母の状況が知りたかった。いてもたってもいられずソファから立ちあがったところでちょうど、医者との話を終えたらしいフェリクスが部屋から出てきた。

「フェリクス」

駆け寄ると、彼はレティシアの手を包み込むように握りしめてくれる。

「どうだった？」

ポールの言葉に、フェリクスは表情を曇らせたまま目を伏せた。

「現状でできることはない、と。持ちこたえられるよう祈るしかないらしい」

厳しい状況に変わりはない、ということだ。覚悟はしていたが体の力が抜けていく。いっそ意識を失えたほうが楽かもしれない、と考えているとフェリクスがレティシアの体を支えてくれた。

「レティシアは、しばらく本邸にいたほうがよくないか」

「同感だ。薔薇屋敷から荷物を持って来させよう。レティは少し眠るといい」

フェリクスは側に控えていた使用人に言伝をすると、レティシアの手を取ったまま渡り廊下を歩いていく。レティシアはフェリクスの手にすがりながら、ふと窓の外を見やった。

広がる空は闇一色だが、分厚い雲が覆っていることは気配でわかる。嵐の予感がした。

「眠れないのか」

声をかけられ顔を上げると、開け放してあった扉の縁をポールがノックしたところだった。部屋で眠る気になれなかったレティシアは、暖炉の間で読書をしていたが、文字を目で追ってはいるものの内容が頭に入ってこず、気ばかりが急いていた。

「そんな気分になれないの」

言葉がかき消されてしまいそうなほどに窓を風と雨粒が叩きつけていく。横殴りの激しい雨が降ってきて、先ほどからひっきりなしに風が唸《うな》り声を上げていた。

「まっ、無理して寝ることもねえよ」

「あなたも眠れないの？」

突然の暴風雨では馬車が出せず、予期せぬ泊まりとなったポールには客室があてがわれているはずだった。

「おまえがぐずってないかと思ってな」

「失礼ね。わたしをいくつだと思っているの」

軽口にはつい悪態で返してしまうが、ポールの気遣いは伝わってくる。追い返すのも気が引けてティーポットに入っていたハーブティを淹れると、テーブルを囲んで座った。

フェリクスは急な本邸への泊まりで、仕事の都合をつけるため使用人たちに指示を出している最中らしく、自室にはいなかった。

「しっかしフェリクスはこういうときくらい休めないのかね。妹が心細い思いしてるっていうのに」

「仕方ないわ。わたしがこうしていられるのもフェリクスのおかげなんだから」

「まあな。でもあんなに仕事仕事じゃ体壊すぞって何度も言ってるんだけどな」

フェリクスは在宅でできる仕事は屋敷内ですませるが、最近では家を空けることも多くなっていた。外でなにをしているのかわからないから不安が募る。特に今日みたいな日には一緒にいてほしいというのが本音だった。

「フェリクスは今きっと、大事なときなのよね……」

別荘への旅行を終えてからの兄は、それまで以上に多忙を極め各地を飛びまわっている。ポールにというよりは自身に言い聞かせるためにつぶやくと、彼も難しそうな顔をしてうなずいた。

「そうだろうな。あいつは今が正念場だ。会社のためにと侯爵令嬢とも懇意にしてるみたいだし」

「え……？」

思いもよらない言葉にレティシアは瞠目する。ポールはすぐに自身の失言を悟ったようで、眉を曇らせごまかすように笑った。

「仕事のためだよ。やっぱこういう世界は実力だけでは限界があるからな。コネを広げるために結婚することはよくある話だ」

「フェリクスが、結婚……」

頭の奥が鈍く痛む。レティシアがうつむいていると、ポールは明るい調子で口を開いた。

「まだ決まったわけじゃないし、噂程度だから気にするなよ。俺も実際に見たわけじゃない。爵位の高い令嬢のご機嫌取るだけで事業に利益が出るなら儲《もう》けものだろ？」

最近やけに仕事が忙しそうだと思っていたけれど、もしかするとその侯爵令嬢と会っていたのだろうか。

「ねえポール。あなたは以前フェリクスがわたしを見捨てることはない、って言ってたわよね」

「ああ。それがどうした？」

「最近、フェリクスの考えていることがわからないときがあって……」

自分でも思いもよらない言葉だった。なぜこんなことを久しぶりに会ったポールに話しているのか。けれどずっと心のなかにくすぶっていて、誰にも相談できずにいた話でもあった。

「もともとそういうやつだろ。俺だって付き合いはガキのころからだけど、未だになに考えてるかわかんねえよ」

「そうなの？」

「感情が顔に出にくいタイプだからな。それに比べて俺なんてわかりやすいだろ？」

カラッとした笑顔を見せられて、レティシアはつい吹き出してしまう。

「そうね。言われてみればそのとおりだわ」

笑いがとまらなくなって腹を抱えていると、ポールは呆れたように息をついた。

「そんなに笑うことないだろ？　少しは否定しろよな」

「だって本当のことだもの」

「まっ、俺だったら仕事一段落したからさ。いつでも遊び相手になってやるよ」

大きな手で髪をかきまわされる。フェリクスよりも力強くて乱暴な仕草に心があたたまるのを感じた。

「……ありがとう。ポール」

普段ならば悪態が口をついて出るところだったが、茶化《ちゃか》したくない気持ちのほうが強くて、レティシアは唇を結んで素直にうなずいた。

「いいってことよ。じゃあ、俺はそろそろ部屋に戻るからな」

「ん……」

ポールが立ちあがる。名残惜しさを覚えつつ見上げると、彼との距離がふいに縮まった。

瞬きの間にあたたかいものが頬に触れる。それが彼の唇だと気づいたのは離れた後で、ただ目を見張ることしかできなかった。フェリクス以外の男性に、頬とはいえキスをされたのははじめてだった。

「じゃあな。また明日」

レティシアは、ポールの後ろ姿を黙って見ていた。こんなとき、なにを思えばいいのかわからなかった。熱を持った頬に手を当てると胸の奥が甘く疼いた。


その夜、フェリクスは外出したまま戻ってこなかった。レティシアはひとりきりで夜着を纏いベッドに入ると今日のことを思い返す。

母の容態はどうなったのだろう。少しはよくなっているのか。それともこうしている間にも悪くなっているのか。考えはじめると息が詰まりそうになって、レティシアはかぶりを振ると気を紛らわせた。ほかのことを考えることにする。

ポールはどんな気持ちでレティシアにキスをしたのだろう。兄以外の男性にキスをされるのははじめてだったが、不思議と抵抗感はなかった。

ポールは明るく爽やかで、いい青年だと思う。少し気が早すぎるかもしれないが、結婚を視野に入れた場合、彼は理想の夫になるタイプだろう。

フェリクスにずっとそばにいてほしいという気持ちに変わりはないが、自分たちは戸籍上兄妹だ。いくら血がつながっていないとはいえ結婚は許されることではないし、世間の目も厳しいだろう。

ふいに別荘での一件を思い出して、胸の奥が焼けるように甘く疼く。

あの日々は非日常であり、今はもう現実へと戻ってきてしまったのだ。これ以上兄に邪《よこしま》な気持ちを抱くことは許されない。フェリクスも同じように思って、今レティシアと距離を取っているのかもしれない。

ポールならばレティシアを受け入れてくれるだろうか。

それに、ポールが口にした『侯爵令嬢とフェリクスの関係』が気になっていた。事業の利益を出すために高位の貴族とのつながりを作っているところだとするならば、兄に依存しているレティシアの存在は足枷《あしかせ》でしかない。

別荘でのできごとがただの兄妹の戯《たわむ》れという言葉で片づけられないことくらいはわかる。だからこそ公になってしまった場合にフェリクスが損失を被るのではないか。

自分の存在が兄にとって不利益になる。考えたこともなかったけれど、レティシアがいなくてもフェリクスは困らない。いたとして役立つ要素はなにひとつない。レティシアは今でこそ貴族令嬢ではあるが、高貴な血筋でもなんでもないのだ。

こんな簡単なことになぜ今まで気づかなかったのか。己の無知を恥じるとともに兄に申し訳なくなる。

フェリクスに頼りきりの生活を改める必要があった。やはり兄離れをしないといけない。ポールならきっと応援してくれるはずだ。

胸の奥の突き刺す痛みに気づかない振りをして、レティシアは無理やり目を閉じて布団を頭からかぶった。

＊＊＊

それから、フェリクス不在の日が続いた。ポールは多忙ながらも仕事の合間を縫って会いに来てくれる。弱さを見せてしまった手前、次に顔を合わせたときにはどんな態度で応じていいのかわからず戸惑っていたが、彼が普段どおりだったため気負わずにいられた。

「フェリクスはまたいないのか。まあ仕方ないか」

ポールはなにかに納得するような物言いだった。通常なら流すところだったが、妙に引っかかる。

「仕方ないって、フェリクスは仕事でしょう？　なにかほかに心当たりでもあるの？」

「いや、心当たりっつーかさ」

ポールは気まずそうに眉根を寄せると苦笑した。レティシアに聞かせたくない話らしい。ますます気になる。

「言っておいて途中でやめないで」

「いや、先日の晩餐会《ばんさん》で偶然フェリクスを見かけたんだけどな」

言いにくそうに続けられたポールの言葉に、レティシアの表情は曇っていく。

「この前、知り合いの貴族の屋敷で行われたパーティで、フェリクスと仲良さそうにしていた侯爵令嬢がいたんだよ。前から話をすることはよくあったらしくて、まわりではフェリクスが逆玉のチャンスだとささやかれているみたいだ」

フェリクスにアプローチする侯爵令嬢がいるという話は、以前ポールと顔を合わせたときに聞いていた。だがあのとき彼は『噂程度』だと言っていたはずだ。

いよいよフェリクスの結婚が無視できなくなってきたのだろうか。社交界に疎いレティシアはポールに意見を求めるよりほかなかった。

「ポールも、これはフェリクスにとってチャンスだと思う？」

ポールは首をかしげながら唸り、ややして口を開いた。

「そうかもなあ。やっぱりこの国でのし上がっていくには、爵位は高いほうがいい」

アルベール家は子爵だ。領地からの税収でも一定の生活はできるけれど、先代が貿易商の会社を開いて成功した。今では高位の貴族よりも財力はあるが、取引先を広げるのに爵位は無視できない。

フェリクスが結婚したら、今のままではいられない。やはりレティシアは足枷でしかないのだ。暗い感情に呑まれそうになっていると、肩を叩かれた。

「なんて顔してんだよ。またつまんないこと考えてたのか？」

「そんなこと……」

否定しかけたが無駄だと気づいて口をつぐむ。ポールには以前本音を打ち明けている。近い将来、兄に捨てられる日が来るのではないかと怯えていることを、今さら隠したところで無駄だった。

「心配すんなって。もしフェリクスのところに居づらくなったら、俺のところに来たらいい」

「えっ？」

咄嗟に目を見張る以外の反応ができないでいると、ポールは不貞腐れたように顔をしかめながら頬をかいた。

「そんなに驚くことか？　フェリクスも、俺にだったらおまえを任せてくれるだろうし、嫌じゃなかったら考えておけよ」

フェリクスが結婚したら、レティシアはポールのところへ行く。

彼とならば幸せな家庭が築けるかもしれない、と考えた日もあったが、面と向かって告げられては動揺を抑えられなかった。

「どうして……？」

なぜ彼は、自分にこんなにもよくしてくれるのだろう。

出張が終わって真っ先に顔を見にきてくれたり、母の病状が気にかかって眠れない夜に一緒に過ごしてくれたりと、彼は不可解だ。

「どうしてって、レティシアのことが大事だからに決まってんだろ？」

「大事？」

鸚鵡《おうむ》返ししかできないでいると、ポールはレティシアから目をそらして雑に髪をかきあげた。

「……おまえ、ここまで言ってもわからねえか？　好きだってことだよ。じゃなきゃ俺んとこに来いなんて言わねーよ」

いくら心が幼いレティシアでも、好きの意味合いくらいはわかる。けれど恋愛小説の世界でしか触れたことのない感情だった。架空の世界に存在する、とらえどころのないふわふわとしたものであるはずなのに、いざ間近に感じると、熱を伴って肌に染みてくる。

「好き……」

またしても無意味に反復する。ポールのことは嫌いではない。彼と会えない時間を寂しいと思っていたのだから、好きに違いない。だがどう返すのが正解なのだろう。自分も同じ気持ちだと言うべきだろうか。けれど、ポールの好きとレティシアの好きは違う気がした。これまで読んだ恋愛小説を思い返しても、模範解答は探せそうにない。

ポールはレティシアが黙り込んでしまったことを困惑と受け取ったのか、彼にしては珍しく狼狽しはじめた。

「別に変な意味じゃねえよ？　あ、俺そろそろ戻るわ。大事な仕事思い出した。返事は急がないからな」

「ねえ、なんで？」

慌てて席を立つポールの手を、反射的につかんでいた。口から出たのは脈絡のない疑問だった。

「なんでってどういうことだ？」

「なんでわたしを好きなの？」

顔を合わせれば悪態ばっかりついている自分に、好かれる要素などないような気がした。ポールならば仕事だけでなく社交界でも、大勢の女性と知り合う機会がある。屋敷にこもりがちで狭い世界にいるレティシアを好む理由がわからなかった。

「なんでって言われても理屈じゃねえんだよ。直接聞かれるとは予想外だ」

理由がないということか。彼らのように容姿が特別に優れているわけでもないレティシアには、理由がないことが不安になる。

「でも冗談で言ったわけじゃねえぞ」

「……ええ」

これまでの交流でポールが裏表のない人というのはわかっていた。さっきの言葉もそのままの意味だろう。レティシアは自分でも聞こえるか聞こえないかくらいの声で返事をし、うなずいた。

静かになにかが動きはじめていた。三人の関係が変わりのないものであってほしいと願った気持ちに嘘はないけれど、ポールに想いを告げられた事実は、心に甘い熱をにじませていた。

それは時間が経つにつれて広がり、余韻とともに香りはじめるだろうことが、なぜか経験したこともないはずなのに手に取るようにわかる。

彼ならば好きになれるかもしれない。フェリクスを諦められるかもしれない。

「ねえポール」

「ん？」

「次までにひとつだけ、わたしの好きなところを考えておいて？」

「あ、ああ……」

普段は不躾《ぶしつけ》と思われるほどに強い目で見つめてくるのに、今は視線をそらしたまま合わせようともしない。照れているのだろうか。年上の人にかわいいなんて思うのは失礼かもしれないけれど、無性にそう感じた。

「わたしも、考えておくから」

自然に口をついて出た言葉だった。それが告げられた想いへの答えになっているなどと知る由もないレティシアは、ポールの表情が笑顔に変わったわけにも気づくことはなかった。


その夜、六日ぶりにフェリクスが本邸へ戻ってきた。本邸には大勢の人間がいると言っても、夜間は静まり返る。住み込みの使用人も就寝時間を迎え、部屋のある棟へ戻っていた。家族は義父も母も別棟で寝込んでいるから、実質フェリクスとふたりきりだった。

ようやく兄が落ち着ける時間になって、レティシアはフェリクスの部屋で、彼の腕に抱きしめられてソファで寄り添っていた。久しぶりに顔を合わせたのだ。会えない間にいろいろな思いを抱えていたレティシアは複雑な気持ちではあったが、今はふたりの時間を大切にしたい一心だった。

「ねえフェリクス」

「なんだい」

ポールとは対照的な、壊れものに触れるかのような繊細な手つきで髪をなでられる。大切にされているとわかるから、心に抱えたものを吐き出さずにはいられなかった。

「フェリクスは侯爵家のご令嬢と結婚するの？」

「そんな話をどこで聞いたの？」

「ポールが……」

「まったくあいつは。ゴシップ好きはそのへんのやつらと変わらないな」

フェリクスは苦笑しつつ目を伏せた。いつもと変わらない声音ではあったが、わざと軽い口調で返されたような印象も受ける。

「結婚もないとは言い切れないって聞いて……」

「へえ。ポールがそんなことを」

ランプの薄明かりが、フェリクスの横顔越しに部屋を照らしていた。翳って見える彼の表情はわかりにくいが、揺らめく橙色の光が端整な彼の輪郭を縁どっている。

「結婚、しちゃうの……？」

一度は受け入れようと試みたが、幼いころから一緒にいてくれたフェリクスが、誰かのものになるなんて身を引き裂かれるに等しい思いがした。義父は母に美しい宝石のついた指輪を贈ったから、息子であるフェリクスも侯爵令嬢に指輪を贈るのかもしれない。けれど一生涯愛し続ける誓いの証を、フェリクスが誰かに送るところを見たくなかった。

散々世話になっておいて、義兄の幸せを願えない自分はなんてダメな妹だろうか。

「レティ。そんなことは気にしなくていいんだよ」

「でも……」

フェリクスの声はやさしかった。なにかをごまかすわけでも煙に巻くわけでもなく、ただ事実のみを告げているかのようなおだやかな声色だ。

「心配することはなにもない。僕はレティのそばから離れるつもりなんてないんだ」

「本当に？」

「ああ」

強くうなずき返してくれるが、あっさりと信じることはできなかった。事実フェリクスは仕事だと言いながら社交場へ出向いている。レティシアが屋敷から一歩も出ずに待っていると知っているのに、ほかの女性と会っていることは否定してくれない。

けれど心でそう思っていても、口に出しては言えなかった。義理とはいえ兄に主張するには図々しすぎることがわかっているからだ。

「もう少しなんだ」

ふいに、ささやかれる。

「え？」

身をよじって彼に向きなおると、フェリクスは一見、昔と変わらないやさしげなほほ笑みをたたえていた。薄明かりに頬を照らされた彼の顔は、息が詰まるほどにレティシアの目を惹きつける。

知らない顔だ、と思う。昼間、仕事をしているときや、夜のベッドの上にいるときとも違う。見慣れているようで、一度も見たことのない顔をしていた。

「あと少しで、ずっと一緒にいられるようになる。そのために今まで仕事ばかりしてきたし、ここのところレティにも会えなかったんだ。落ち着いたら僕が慌ただしく動く必要はなくなる。片時も離れない。もうレティに寂しい思いはさせないから」

片時も離れないなんて、たとえにしては大げさに思えた。レティシアが彼の思惑を汲《く》み取れないでいると、ふいに抱きしめられる。ふたりの距離がなくなって顔が見えなくなった。

「だからレティはなにも心配しなくていい。なにも考えなくていいんだよ」

彼の言葉が耳朶に触れ、レティシアの脳に甘く溶けた。

「フェリクス……」

名を口にすると彼の唇が耳元に押しあてられた。それだけで胸が締めつけられる思いがする。

ソファから体を起こして彼の髪に触れる。自分と同じかそれ以上にやわらかくて、梳くそばから指の間をこぼれていく。指先をくすぐる髪の感触を楽しんでいると唇が重ねられた。

「ん……」

フェリクスとふたりきりの夜を過ごすのは久しぶりだ。以前は当たり前にこうしていて、彼なしでは眠れなかったはずなのに、いつの間に平気になってしまっていたのだろう。ひとりでいるのに慣れることは大切だけれど、ひとたびフェリクスに触れると、自分は寂しかったのだと実感する。

顎に指をかけられて唇を割られる。舌で口内を愛撫されていくうちに体に熱が灯って、レティシアも必死に応えた。口づけが一時的に解かれると唇を冷たい空気がなでる。けれど寒さを感じる余裕もないくらいに抱きしめられて、今度は首筋に口づけられた。

「あ……」

呼吸が苦しくて息をつこうとしたはずなのに、口からこぼれたのは甘ったるい声だった。途端に、別荘での夜を思い出す。

恍惚《こうこつ》に一筋の恐怖が混ざる。たとえば先ほどランプに照らされ映し出されたフェリクスの表情も、そのひとつだ。見慣れたはずの彼の顔なのに、体の芯が底冷えするような感覚を抱くことがあった。理由がわからないのに体温が下がる感じは、言葉では表せないものだった。

「あと少し。もう少しだけ待ってて。僕のレティ……」

フェリクスの言葉が耳朶に触れてくすぐったい。体があたたかい。心地いいのか苦しいのか。やめてほしいのか続けてほしいのかさえわからなかった。触れあうたびに体に熱がこもっていく。徐々に熱に侵されていく頭の片隅で、ポールの頬への口づけを思い出していた。

どちらも違う感触だった。フェリクスとポール、どちらと触れあったときにも似ているようで違う想いが胸中に広がっていた。

その想いの名前はまだ知らない。知る日が来るのかさえわからなかった。

＊＊＊

それからも相変わらず、フェリクスが本邸を空ける頻度は高かった。別邸と違って人の出入りが多いから、レティシアをひとりにすることがなく安心して出かけられるのだろうか。寂しくないと言ったら嘘になるけれど、彼が口にした『あと少し』という言葉を信じて日々をやり過ごしていた。

フェリクスから『あと少し』と言われたことで気持ちは幾分楽になっていたが、依然として自分が足枷ではないかという思いも消えない。

「よう。今日もしけたツラしてんな」

ポールが頻繁に会いに来てくれることも、レティシアの癒やしになっていた。しかし今日は来る予定だっただろうか。仕事で遠方へ赴いているとばかり思っていた。

「もう、失礼よ」

「言い返せるくらいには元気ってことだな、よかった。それよりレティシア。おふくろさ

ん の具合はどうなんだ」

「相変わらずよ……。毎日会いにいってるけれど意識も戻らないまま。それにしてもポール、今日は遠方で仕事じゃなかったの？」

レティシアが首をかしげていると、彼は一瞬戸惑ったように眉根を寄せてから、そっと微笑で表情を解いた。

「ああ。フェリクスに頼まれてた案件があったんだが、ちょっとな……」

「どうしたの？」

ポールは仕事熱心だとフェリクスから聞いている。特にフェリクスの依頼とあっては理由なく疎《おろそ》かにすることはないだろう。予定が変わったのだろうかと思って尋ねてみるが、彼はあいまいに笑うだけだった。

「いや、ちょっとおまえのことが気になってな。虫の知らせってやつ？」

「わたし？」

冗談半分で言っているとわかっても動揺してしまう。

「最愛のお兄ちゃんがいなくて寂しがってるんじゃないかと思ってな。まああいつにとっては今が正念場だからな」

「そうなの？」

あと少しで終わるとは聞いていたが、情けないことにレティシアはフェリクスの仕事の状態などをまるで把握していなかった。

「おいおい。ってまあ経済紙まで読んでなくても仕方ないか」

「なにが起きてるの？」

レティシアが正直に問うと、ポールは仕方ないというふうに息をついた。詳しい話は理解できないと思って省いてくれたのだろうが、おおまかにはこうだった。

病床に臥している先代、つまりフェリクスの父は事実上すでに引退していて、引き継いだ息子のフェリクスに実権が移ってからというもの、事業は国内でも例を見ないほど急速に成長しているらしい。

今やアルベール家の財力は、歴史的名誉だけに頼る上位の貴族にとっても脅威となっているようだ。家柄の良い令嬢たちがアプローチしてくるのは、単にフェリクスの容姿や雰囲気だけに魅了されているわけではなくて、たしかな理由があるのだ、とポールは話した。

「そんなに……？」

今でも十分に裕福な生活をしているというのに、フェリクスの目指しているところがわからない。国で一番の財力を求めているのか、高位の令嬢と結婚して名誉を得たいのか。

「そしてこれはまだ、一般には知られてないんだけどさ」

わずかに声を落としてポールは息をつく。レティシアがうなずくと彼は続けた。

「フェリクスは別に、社長の座にこだわっているわけでもなさそうなんだ」

「そうなの？」

「ああ。近いうちに社長職を退いて名ばかりの経営者になって、中身は親族に任せようって考えているらしい」

それがいいことなのか悪いことなのかさえ、レティシアには判断できない。

単純に考えれば自分で大きくした会社の実権を譲るのは、もったいないと感じる。けれど現状のままでは忙しすぎて、近いうちにフェリクスは体を壊してしまうだろう。社長職を退けば自由な時間が増えるのではないか。もしかしたらフェリクスの言っていた『あと少し』というのは、仕事の時間を減らせるという意味ではないのか。すべては憶測に過ぎないけれど。

「フェリクスが鉄道会社に巨額の投資をしたってのは、知ってるか」

「……ええ」

数か月前、ふたりが話しているのを意味もわからず聞いていた。

「あれもジワジワと伸びてきてるらしい。世間は鉄道ブームが来るとか言ってるが、そんなものが当たったら本当に一生働かなくても暮らせるぞ」

フェリクスには昔から先見《せんけん》の明《めい》があった、とポールは言う。彼の才能を改めて思い知らされて愕然《がくぜん》とした。

なにもかもが自分とは違いすぎる。そもそも本来ならば住む世界も違っていたのだ。母が再婚しなければ出会うこともなかった。今はこうしてポールとも気軽に話しているが、本来ならレティシアが顔を合わせることさえ難しいほど身分違いなのだ。

レティシアは自分の胸元に手を当てた。またただ。正体不明の焦燥感が生まれてうまく呼吸ができなくなる。この状態は放っておくとよくないと知っている。夢のなかで薔薇の蔓が巻きついてくる感覚にも似た痺れが、指先や手のひら、手首から前腕へと伸びていくのだ。

「レティシア……?」

様子がおかしいことに気づいたのか、ポールが顔を覗きこんでくる。なんでもないと言わなければいけない。けれど口を開こうとしたそのとき、背後から慌ただしい使用人の足音が聞こえてきた。

「お嬢さま大変です！　奥様が……」

使用人が告げた言葉に、レティシアの視界が灰色一色に染まった。


レティシアが駆けつけたとき、母はすでに苦しんではいなかった。

ついに容態が悪化してから一度も言葉を交わすことができなかったのだ。

「ママ」

枕元で呼びかけても無反応だ。すでに中心の火は消えている。

傍らで医者が状況を説明しているが頭に入ってこなかった。誰に看取《みと》られることもなく母は静かにこの世を去ったのだという。

「ママ……」

もう一度声をかけて手を握りしめる。昨日も一昨日も同様のことをして返答があったためしはない。無意味なことだとわかっていてもやめられなかった。

「レティシア……」

傍らでポールが立ち尽くしていた。すでに母の肌表面には物理的な熱さえ残されていない。消えゆく温もりとともにレティシアは現実をつかみ取っていく。最悪の事態も想定していたからだろうか。不思議と母の死は受け入れられた。母はもうどこにもいないのだ。

「出ましょう」

レティシアは室内を出ると、渡り廊下を歩いて本邸へ戻る。

「フェリクスを呼び戻すか」

「きっともう報《しら》せは届いていると思うわ」

「そう、だな……」

電信という便利なものがある時代だ。屋敷から会社へ報せが飛ばされたことだろう。

「今日も肌寒いわね」

先日までかそれ以上に気温が低いように感じた。天気は悪くて空一面が重い灰色で覆われている。

中庭に差しかかると、水の張られた池が見えてくる。水面は凪《な》いでいてまわりに茂る草木や色みのある花を映し出していた。

静寂を一粒の水音が割る。池に落とされた一滴の雫は夢のなかで聞いた音に似ていた。

続いて水滴が何度も池に落ちて波紋が広がりまざりあう。レティシアが頬に冷たい感触を覚えたところで、腕をつかまれた。

「レティシア、雨が降ってきた。屋敷へ戻ろう」

ポールに手を引かれて扉の内側へと足を踏み入れると、ガラスの向こう側が煙る。彼に連れられるままに客室へと向かった。相変わらず風はなくて、雨はまっすぐに降りしきる。

窓を伝う水滴が、映し出された自分の姿の上を絶え間なく流れていって、涙をこぼしているように見えた。

母はもういない。レティシアと血のつながりのある人間は、この世にひとりもいなくなってしまったのだ。

「ねえ、ポール」

ワタシ、ヒトリボッチ？

喉まで出かかった言葉を呑みこんで、レティシアは意味もなくガラスの向こうを見ていた。直後、背後から抱きしめられる。ポールの体はあたたかいのに震えているようだった。

いや、レティシアのほうが震えているのかもしれない。

「寂しい、よ……」

ぽつり。小声でこぼした言葉は偽ることない本音だった。長い間フェリクスにさえ言えなかった自分の弱さだ。

「……なあ、こんなときに卑怯《ひきょう》だって思うか。軽蔑《けいべつ》するか。女の寂しさにつけこむなんて最低だって思うか？」

　以前のレティシアならば、彼の言わんとすることがわからなかっただろうが、今は不思議なほどに汲み取れた。

　苦しいくらいの抱擁に胸が高鳴る。レティシアは抱き寄せられるままに応えて、ポールの背中に手をまわした。直後、力強い腕で体が剝がされると、息をつく間もなく唇が重ねられた。

　硬直して目を閉じる余裕もなかった。けれど雨音に気持ちをやわらげられて、レティシアはゆっくりと瞼を下ろす。彼とのはじめてのキスは雨の匂いがした。


　客間の暖炉の火が揺らめいて、薄暗い部屋に薪がはじける音が響いた。雨のせいか室内にいても体が芯から冷えるようだ。

「どうだ、落ち着いたか」

「ええ……」

　ソファに座るレティシアの隣にはポールが肩を並べていて、落ち着くまで見守ってくれていた。彼がいてくれて本当によかった。ひとりきりだったらどうなっていたか、自分でもわからない。

　同時に、フェリクスを責める気持ちが心のなかで膨らんでいくのも感じていた。

わかっている。兄は仕事で忙しくて、今日も馬車で遠い街へと赴いている。彼が仕事をするのはレティシアの生活を守るためだから、非難するのは筋違いだ。

冷静な自分がそうささやく一方で、せめて今日くらいは近くにいてほしかったと思ってしまう。考えても無駄だとわかっているのに、隣にフェリクスがいないことで心に穴が開いたような空虚さを感じてしまうのだ。

「そりゃよかった」

ポールの大きな手がレティシアの髪をなでる。今は誰かのあたたかさが欲しかった。本当に欲しいものはきっとひとつだと自分でも気づいているのに、孤独に押しつぶされそうで、はねのけられない。

「ポールがいてくれてよかった」

本音を唇に乗せた。本当によかった。ひとりでいたくない。特にこんな日にひとりは寂しい。

脳裏によぎったのは、遠い昔、孤児院で母を見送る光景だった。母の細く小さな背中が遠ざかっていくのを、感情を噛み殺して見ていた。いつまでも、姿が見えなくなっても孤児院の門の前で佇んでいた。

その母はもう帰ってこない。永遠にレティシアの前から姿を消してしまって、ほほ笑んでくれることは二度とないのだ。

「そんな顔するな。俺がいるよ」

「え……？」

「やっぱり今日、胸騒ぎがしてここへ来て正解だったな」

「そういえば、そんなこと言ってたわよね」

ポールはフェリクスから頼まれていた仕事を投げ出してまで、この場に来てくれているのだ。甘えてしまってもいいだろうか。少なくとも彼は兄のように、レティシアを不安にさせたり寂しくさせたりなんてしない。

「俺がいるよ、ずっと……」

ポールの言葉が耳元に響く。けれどレティシアは心のなかでその台詞を繰り返しながらどこか冷めた気持ちでいるのを感じていた。自分を大切にしてくれる人が求めてくれているのだ。これ以上ないくらいに喜ばなければいけない。彼の手を取れば明るい未来が待っているはずだ。

レティシアが、小さな決意をしてポールの肩にもたれかかろうとしたときだった。正面玄関のほうから乱暴な音が響く。

「レティ！」

今一番聞きたい人の声が聞こえてきた。レティシアは反射的に立ちあがると、部屋の入口を開けて通路へ出た。

廊下の角から姿を現したのは兄だった。

「フェリクス……！」

視界がにじむ。兄の髪は雨に濡れていて、ひどく乱れていた。これまでこんな彼を見た覚えはなかった。

「レティ……」

彼がレティシアの名前を呼ぶより先に、どちらからともなく駆け寄って抱きしめあった。心音が重なって、先ほどまでの不安と闇が霧消していく。

あの兄が、いつもおだやかなほほ笑みを絶やさないフェリクスが、雨に濡れることもいとわず髪を乱して駆けつけてくれた。

ふたりの間に響く心音はレティシアのものだけではない。心臓が早駆けするほどに、なりふり構わず来てくれたことは想像に難くない。もう十分だ。それだけで今日の孤独が埋められると思った。

誰よりも頼もしい腕にすがりついていると、フェリクスはレティシアの肩越しに硬い声をこぼした。

「ポール……なぜここに？」

兄の言葉に、ポールがいたことを思い出して慌てて身を離す。ポールはレティシアの部屋の入口で複雑な表情をしながら佇んでいた。

「あ、いや……ちょっと悪い予感がして来てみたんだ。仕事ほっぽり出したのは悪かったけど、そんな怖い顔すんなよ。結果としてレティシアをひとりにしなくてすんだわけだし」

ポールが苦笑まじりに弁解すると、フェリクスもようやく表情をやわらげた。

「そうか」

フェリクスはレティシアの手をつかむと客間から遠ざけるように引いていく。心なしか普段よりも強く握りしめられていて、痛いくらいだった。けれど今はこのくらいのほうが安堵できる。負けずにレティシアも強く握り返した。

「あ……兄貴が帰ってきたならもう、俺がいなくても大丈夫だよな。じゃあなレティシア」

「え？　ええ」

「仕事に穴をあけて悪かったよフェリクス。今から引き返して埋め合わせをするよ」

「そうか。無理するなよ」

ポールが浮かべた表情はいつもと変わりないようでいて、どこか戸惑いを含んでいるようにも見えた。フェリクスに仕事を依頼されていた手前、気まずいのかもしれない。

やがてポールを乗せた馬車が敷地内から去っていく。

雨は依然としてやまず、大広間の外は暗くなりつつある。無理に帰さなくても泊まってもらえばよかったかもしれない、と考えているとフェリクスがレティシアの後頭部をなでた。

「レティ、すまない。こんな日に一緒にいられなくて」

「ううんいいの。フェリクスだって、今大変なんでしょう？」

彼が予定を早く切りあげてくれたことは容易に想像できる。

雷鳴が響いた。そう遠くないところで落雷があったようで地面が小さく揺れる。怖くてフェリクスの手を強く握りしめると、彼が振り向いた。

直後、窓に映る灰色一色の空が稲光で裂かれて、兄の美しい顔を明と暗に塗りわける。彼の作りもののような顔には、表情がなかった。

「フェリ、ク……」

「レティ」

名を呼ばれる。見上げた先のフェリクスは、いつものおだやかな表情をしていた。先ほど無表情に思えたのは、窓越しに見たからだろう。ほっとして彼の腕にすがりつくと、強く抱きしめられた。

「寂しかった……」

ぽつりと本音を漏らす。フェリクスはわかっているというように髪をなでてくれる。だから安心して言葉を続けられた。

「ママが、いなくなっちゃった……」

頼りない声は雷鳴にかき消された。だが兄には届いていたようで、レティシアに応えるようにやさしく頭をなでられる。

母を失ってしまった自分には、フェリクスしかいない。兄に見捨てられたらなにもなくなってしまう。だからどうか見放さないでほしい。手をつないでいてほしい。その思いを込めて指先に力を入れた。

「レティ、ごめんね。寂しい思いばかりさせて」

途切れることのない雨の音が耳から離れない。雷光だけがお互いの輪郭を浮かびあがらせていた。

「フェリクス……」

「でもレティはひとりじゃない。僕がずっと一緒にいるから。死ぬときは一緒だ」

目が眩むほどの白い光が窓から差し込んで、兄の顔半分を照らす。直後、地を揺るがすほどの轟音《ごうおん》が屋敷内に響いた。近くで落雷があったようだ。

レティシアは目を瞬く。「死ぬときは」と言っただろうか。母が亡くなったすぐ後で、レティシアが死を怖がっていると思っての発言なのかもしれない。それとも、今のフェリクスの言葉は聞き間違いだったのだろうか。雷と雨音に邪魔されて、正しく聞き取れなかったのかもしれない。あまりに突飛な言葉を受けて、レティシアはそう結論づけた。

屋敷内に明かりが行きわたるころには、兄の表情は普段どおりのものだった。きっと気のせいだ。フェリクスがあんなことを言うはずがない。

彼は子爵家の跡取りとして、血をつないでいかなくてはならないのだから、結婚しないわけにはいかない。レティシアがひとりになりたくないと望むあまり、歪《いびつ》な願望が空耳を生んだのだ。

結局この日フェリクスは、レティシアの額に軽く唇を落とす以上のことをすることなく、同じベッドで眠りについた。

第三章

この気持ちはなんだろう。ポールを思うと心があたたかくなる。フェリクスを思うと心が締めつけられるように疼く。

ポールと一緒にいる間は楽しくてあっという間に時間が過ぎるけれど、フェリクスと過ごしていると胸のあたりが苦しさを伴って痛み、息苦しささえ感じられるのに不思議と嫌ではなかった。

どちらも今のレティシアにとっては大切な人だ。だがふたりの印象は正反対であり、特に兄への想いには自分自身、戸惑うことが多い。

母の亡くなった日、ポールとキスをした。頬に口づけられて以来の接触だった。驚いたけれど逃げようという気持ちにはならず、ごく自然に受け入れていた。

一方で、同じく母が亡くなった日の夜以来、フェリクスとは毎日、夜中に触れあっている。休暇で別荘へ赴いたときのような濃い触れあいはないが、兄の肌や体温を感じる行為は、今のレティシアには必要なことだった。

おかげで今日、心を落ち着けて母の葬儀に臨むことができた。ひとりだったら取り乱していたかもしれない。

葬式を終えて部屋へ戻り黒一色の服をゆるめて帽子を脱ぐと、長い髪がさらりと肩にこぼれた。黒い髪は喪《も》の色だ。改めて自分は、暗い色を纏っていると思える。

ため息をついていると、一緒に戻ってきたフェリクスに声をかけられた。

「レティ。今いいかい」

「フェリクス、なあに？」

「今日はお疲れ。よくがんばったね」

「……ありがとう」

葬儀が終わって油断していたとはいえ、不意打ちの言葉に涙腺《るいせん》がゆるむ。

「これからはなるべく、どんなときでもそばにいるようにするから」

母が亡くなった日に、つきっきりでいられなかったことを言っているのだと、すぐにわかった。あの日フェリクスは仕事を大幅に早く切りあげて、馬車を飛ばしてくれたらしい。本来なら大雨と嵐で足止めとなるくらいの事態だったようだ。

途中で御者が、これ以上馬車を動かすのは危険だと判断して止めたところ、兄は単身馬車を抜けて家まで駆けだしたという。冷静沈着なフェリクスの行動とは思えなかった。

「大丈夫よ。ポールがずっと一緒にいてくれたから」

それにフェリクスが無理をしてでも帰ってきてくれたことだけで嬉しかった。そう伝えたかったけれど、続きを口にするより先に兄に髪をなでられた。

「そう。あいつには改めて礼を言っておかないとな」

フェリクスの手がレティシアの喪服を当然のように解いていく。慈しむような手つきはやさしすぎてくすぐったいが、夜ではないので内心驚く。

「ねえフェリクス。お葬式も終わったし、もうあちらへ戻れるのよね？」

「そのつもりだ。荷造りを終えて天気が落ち着き次第馬車を出そう」

本邸は使用人が多くて不自由することはないけれど、ここ数年別邸の薔薇屋敷で過ごしてきたせいか、人の多い環境はどうしても慣れない。近いうちに戻れると知って安心していると、喪服が身から剝がされて白い肌があらわになった。

「あ……っ」

「冷えてるね。バスタブに湯を張らせたからあたたまろう」

母が亡くなった日以来不安定な天気が続いていた。今日も小雨が降ったり曇ったりで気温も低く、突然の雨に打たれる場面もあった。たしかに冷えているが、兄の手をわずらわせるほどではない。

「だ、大丈夫よ、ひとりで」

「いいから」

湯浴みくらいひとりでできると続けようとした言葉を遮られる。

まだレティシアが幼かったころには、ふたりで入浴することが時折あった。両親も使用人も寝静まった夜にこっそりと、浴室にランプを灯して肌を寄せ合っていた。

当時は今より幼かったから、淫靡さはさほど感じていなかったが、誰かに知られてはいけないという罪の意識はあった。今にして思えば、平然とした顔で兄と浴室で向き合えたことが不思議だった。

喪服だけでなく下着も一枚ずつ丁寧に剝がされ、全裸に解かれた。ランプの頼りない明かりが浴室をあたためていたが、肌の隅々までが見えるほどの明度ではない。

髪と体を丁寧に洗ってもらって湯船にふたりきりで浸かる。

こんなことを知ったらポールは軽蔑するだろうか。呆れて愛想を尽かしてしまうかもしれない。でも、誰にでも秘密くらいはあるだろう。フェリクスにだって、まだ見ていない顔があるに違いない。

「んっ……」

唇が重なる。角度を変えて何度も繰り返される口づけは、普段ベッドでするときよりも丁寧で、どこか執拗《しつよう》だった。

「ん、ぅ……」

舌が絡められ、レティシアは声をこぼす。このくらいならばいつもしていることだ。特別なことではない。愛情のある兄妹だったら珍しくはないはずだ。

どこか自分に言い聞かせるようにフェリクスに体を任せていると、耳元に濡れた音が届いた。耳朶への刺激はいつもと違っていた。普段はやさしく触れてくすぐったくなるほどに舌でなぞっていくだけなのに、今日は軽く痛みを覚える。

「や……」

歯を立てられたのだとすぐに気づいた。抗議しても、やめてくれる気配がない。噛みつかれることに本能的な恐怖を覚えるが、痛みと呼べるほどのものは最初だけで、噛まれたところが徐々に熱を帯びてくる。

感覚が研《と》ぎ澄《す》まされたところに舌を這わされて、レティシアは吐息まじりの声を漏らした。

体が熱い。口づけが耳から首筋、鎖骨へと移動していく間にも動機はおさまらなかった。高鳴る鼓動が苦しくて、打ちつけるたびに心臓から全身へ甘い熱が広がっていくようだった。

身じろぎをするたびにバスタブの湯が音を立てる。静かな浴室内はランプの薄明かりだけのため、日ごろよりも視覚に頼れない。結果、ほかの感覚が研ぎ澄まされているようで、触覚は特に敏感になっているようだった。

迫りくるものの正体がわからず耐えていると、フェリクスの指先がレティシアの胸元にある尖りに触れた。

「あっ……」

声をこぼすのが恥ずかしくて、奥歯を噛みしめ唇を結んでいたのに呆気なく口元を解い

てしまった。今までとは比べものにならないほどに明確な刺激は、甘いのにどこか切なくて、痺れにも似た熱が込みあげたのだ。

無意識のうちに指先に力がこもっていた。絡ませていた指を解くとふたりの間に自然と距離ができる。先ほど捏ねられた突起を今度は指でつままれて、また唇から声がこぼれた。

「ん……は、ぁ……」

恥ずかしい。身をよじって拙い抵抗をしていると、羞恥だけでなく湯にあてられて目眩がした。

きっと蕩けた目をしているのだろう。そんなレティシアをフェリクスは見つめ、小さく口角《こうかく》を持ちあげた。その拍子に頬から水がしたたり落ちて、やけに蠱惑《こわく》的に見える。

「出ようか」

フェリクスに促され、あいまいにうなずく。長く浴槽《よくそう》に浸かりすぎていたせいで、のぼせてしまっているらしい。力なく寄りかかるとレティシアの体が急に持ちあげられた。

「きゃっ」

服の上からは想像しがたいたくましい腕に抱きかかえられて室内へと運ばれる。体が濡れているのにろくに拭われることもなくベッドへ下ろされて、起きあがる間もなく組み敷かれた。

「フェリクス……待って」

これから起こるかもしれないことに本能的な不安を感じ、フェリクスを止めようと彼の体を押し返す。彼の濃い青灰色の双眸と視線が重なった。途端身動きが取れなくなる。彼の瞳を見ていると、深く考えられなくなるのだ。

同じように感じたことのある女性は、自分以外に何人くらいいるのだろう。考えたくもないことが脳裏をかすめていると、唇が重ねられた。

「ふ……ぅ……」

震える唇が吸われ、舌を探られる。やわらかく丁寧な口づけなのに、今までにしたどのキスよりも淫らで艶めかしい。やさしい触れかたなのに逆らえない。見つめられると体中が見えない蔓で縛りつけられているような錯覚に囚《とら》われるのだ。

キスが深くなるにつれて甘い毒が流れ込んでくる。冷静な思考を紡ぐことさえできなくなってきたころに、フェリクスがレティシアの胸元の先端に口づけた。

「あぁ……んっ……」

この感覚に呑みこまれていくのは怖い。このまま続けていたら見えない闇に浸食されていくような気がした。

「ダ、メ……」

唇からこぼれる抵抗に意味がないことはわかっていた。乳首に与えられる刺激はそのまま体を通して下肢に伝わり、熱がこもっていく。

おかしくなる。変になってしまう。やめてほしいと願いながら、心の隅ではやめてほしくないと思っている。矛盾した感情が歪にまざりあいながら、新しい色を作っていく。

「ふぅ……んっ」

フェリクスの手がレティシアの腰をおりていく。もう、どうしたらいいのかわからない。けれど、彼は決して自分を傷つけることはないから大丈夫だ。

「ねえ、レティ」

呼ばれるが、言葉を返せる状態ではなかった。視線だけを向けると、フェリクスはいつになくやさしい目でレティシアを見下ろしていた。

「キミは、ポールのことをどう思っているのかな」

「え……？」

「ポールはレティのことを、憎からず思ってるだろうね」

なぜ今ポールの話が出てくるのかわからない。怪訝に思っているとフェリクスの繊細な指がレティシアの頼りない茂みに到達していた。

「あっ……、に、憎からず？」

「簡単に言うと好きってことかな」

「好き……」

たしかに先日、ポールに同様のことを言われた。なぜ知っているのだろうか。フェリクスがなにを思って今この話題を出したのかわからなかった。ポールやほかの人の気持ちならば、瞳や表情を見ていたらなんとなく伝わってくるが、フェリクスの考えていることを正しく汲み取れている自信がない。

　まるで凪いだ海だ。波ひとつ立たないけれど、水面はとても冷たくて底もないほどに深い海に似ている。見た目のおだやかさに気を許して不用意に近づくと、抜け出せなくなるのだ。

「僕はね、ポールにだったらレティを任せられるかな、とも思うんだよ」

　レティシアの体に触れながら、彼はなぜそんなことを言うのか。なんと返事をしたらいいのかわからなかった。喜んでいいのか悲しんでいいのかそれさえも。

　油断していると、フェリクスの指が茂みの奥に触れた。

「あっ……」

　淫靡な水音が聞こえた。迫りくる甘い感覚に、体を震わせて彼の腕にすがりつくことしかできない。

　先ほど胸を愛撫されているときから、体を伝って下へと熱が蓄積していた。フェリクスが今触れたところは、その出口だったのだ。

「やだ、ぁ……」

　言葉すらまともに紡げないほどの甘い痺れが襲う。なぞられるたびに熱と一緒に蜜があふれてきて、恥ずかしくて泣きたくなる。

「だ、め、フェリクス……」

　高まる熱は、無視できないものになっていて、解放を求めてレティシアの肌の下でくすぶっている。

果てが近い。こらえきれなくてフェリクスの腕を握りしめる。なにかにすがりついていないと、体が溶けて消えそうだった。

「でもね、レティ……キミは僕だけのものなんだよ」

耳元で低くささやかれて、レティシアの視界が白く瞬いた。

「んっ……あっ、あ、ああ……」

絶頂へと一瞬で押しあげられて、久しく覚えていなかった官能の愉悦を味わう。

フェリクスの手に手のひらを重ねながら指を絡ませる。レティシアが瞼を下ろすのとほぼ同時に、額に口づけられる感触があった。

「次は、もう手加減しないからね、レティ……」

感覚が途切れる直前に、フェリクスの声が聞こえたような気がした。


あたたかな闇にたゆたっていた。光はない。いつもは頭上に、闇をわずかに薄くした灰色が見えるのに、それさえもなかった。

沈んでいく。全身をあたたかなものが包んでいて、全裸で揺らめいているのに寒さは覚えなかった。

たとえるなら生ぬるい深海に際限なく堕《お》ちていく感じだ。光さえ届かない常闇の世界は、黒が深くなるほどに禍々しい雰囲気を増していく。

来た。レティシアの足首に、手首に蔓が絡みついてくる。これは悪い夢だ。わかっていても恐怖からは逃れられない。目を閉じても無駄で己の肉体を取り囲む状況は、五感を通して伝わってきた。

蔓が巻きついて体が動かせなくなっていく。細かい棘が刺さって痛いのに、振り払うこともできない。小さな棘を持つ蔓が、気づけば四肢に巻きついていた。

早く覚めてと必死で願うが、祈りも虚しく蔓はレティシアの白い喉にまで伸びて、首をゆるやかに絞めていく。呼吸が奪われる。苦しい。

心音が鳴り響いた。紛うことなくレティシア自身の鼓動だ。打ちつけるたびに深海の世界に反響する。連続して鳴り続けるうちに胸元が熱を持って、掻き毟りたいほどに痛みはじめる。

これは夢だから大丈夫。必死で自分に言い聞かせるも耳障りなまでに鼓動が響いている。

そしてレティシアは見た。

胸元の白い皮膚を割って真っ赤な血液が流れ出すのを。血はあふれて、徐々に盛り上がり輪郭があらわになっていく。そこでひとつの間違いに気づく。

流れ出る赤いものは血ではない。薔薇だった。レティシアの胸元に浮き出てきたのは真っ赤な薔薇で、割れた皮膚の内側からも蔓が伸びて体へ巻きついていった。

レティシアの唇が震える。
絶叫は凍りついた。

第四章

　後日ポールは、レティシアではなくフェリクスへの用事で薔薇屋敷を訪れていた。暖炉のある部屋でフェリクスと紅茶を飲みながら、経済や事業についての情報交換をする。気心の知れた友人との時間は、大切な情報収集の場でもあった。

「そういえば鉄道会社への投資、順調らしいな。まったくド素人のくせによくやるよ」

「たまたま運がよかっただけだよ」

　基本的に、フェリクスは他人から褒められても喜ぶことがない。どこまでもストイックで現状に満足することがない性質は幼いころからだった。

「運だけってことはないだろう。俺なんて投資についてもかなり勉強したのに、俺より余裕で稼いでるんだもんなあ」

　鉄道会社だけではない。フェリクスはほかにも様々な会社へ投資して、成功をおさめている。大学で経済学を学んだポールは、その道についてはフェリクスよりも詳しいはずだったが、ふたりの投資先の選択は対照的で、ことごとく負ける結果となっていた。

世間的にフェリクスは素人とされているが、彼なりに独学で知識を集めているのかもしれない。彼が投資についての書を執筆すれば、大学で学ぶよりもはるかに有意義な情報が得られるだろう。

「運が一番大事だと思うよ」

フェリクスは静かな口調で告げた。低く落ち着いた声なのによくとおる、印象的なものだった。ポールが返答を忘れていると、彼は構わず続ける。

「どんなに知恵や才能があっても、理不尽なくらい運に左右されるんだ」

フェリクスの、濃い色をたたえた瞳が物憂げに伏せられる。こんな表情を見せられたら女性は一瞬で落ちてしまうだろう。

「まあそれも一理あると思うけどさ。会社の経営も、叔父さんにほぼ実権譲っちまったんだろ？　信じられねえよ、叔父一家に乗っ取られたらどうするんだ」

フェリクスの父親の弟、つまり叔父にあたる人物に、去年あたりから会社の指揮を任せはじめていたらしい。フェリクスは今や社長職とは名ばかりで、経営に携わってはいないのだ。

「そのときはそのときだよ。仮に乗っ取られたとしても僕が困らないだけの資産は、作っておくつもり」

フェリクスは心の底を見せないおだやかな微笑をたたえる。昔から食えない男だと思っていたが、ここ数年でさらにそう感じるようになっていた。

「おまえの行動は予測できないからなあ。次になにをしでかすかわかったもんじゃねえ」

ポールの言葉に、紅茶に口をつけていたフェリクスは目を細めると、薄い唇の口角を持ちあげた。暖炉の炎が揺らめいて、彼の作りもののように端整な顔を翳らせる。

「常識に縛られているようではダメだよ。本当に欲しいものを得るためには、幼いころに学んだものなんてほとんど役に立たない。そうだろ?」

一瞬、ポールへの痛烈な嫌みかと思ったが、フェリクスはそんな男ではない。所詮《しょせん》学んだものをベースにしか行動できない自分自身に、ポールが劣等感を抱いていることが原因なのだ。

ポールもフェリクスも、幼少のころから次期経営者として様々な教育を受けてきた。人の上に立つ者に必要な資質、経済学や経営学もそのうちのひとつだ。フェリクスはそのどれも必要ではないというのだろうか。

「それよりポール。最近僕が忙しいときにレティを見てくれているようだね。助かっているよ」

ポールが口をつぐんでいると、フェリクスはすぐさまこちらの顔色を読んだように話題を変えた。彼は昔から自分の内面を巧みに隠すが、相手の心の機微には聡《さと》かった。ポールも何度心境を読まれたことだろう。

「いいんだよ。俺もどうせヒマだしさ」

「叔父に実権を譲ったら、僕の手が空くと思っていたんだけど少し甘かったようだ。レティにはもう少し寂しい思いをさせるかもしれない。キミがいてくれて本当によかった」

「俺はいつでも構わないぜ」

むしろ大歓迎だ、と心のなかでつぶやく。

「ポールにだったら、安心してレティを任せられるな」

フェリクスは、男でも見惚れてしまうのではないかと思うほどにきれいな微笑をたたえた。彼はなにを言いたいのだろう。もしやポールがレティシアに対して抱いている気持ちに勘づいているのか。

物憂げなブルーグレーの瞳を見ていると、脳のなかすべてを覗かれるのではないか、と錯覚するときがある。ごまかすためにかぶりを振り、続けるにふさわしい話題を選んだ。

「仕事もそうだが、おまえ、付き合いのほうも忙しいんだろ？　最近懇意にしてる侯爵令嬢……誰だっけ」

「ああ」

フェリクスは思い当たるところがあったようで、あっさりとうなずく。彼が侯爵令嬢から熱烈なアプローチを受けていることは有名だ。つい先日も、舞踏会で親しげに話しこんでいたところを多くの貴族に目撃されている。

「いいよなあ。うまく結婚までこぎつけば晴れて上位貴族様の仲間入りじゃねえか」

かつてはポールも、爵位のある娘と懇意になって、将来的には自身が貴族になれたらいいと、漠然《ばくぜん》と理想を思い描くこともあったが、現実のものとするには容易ではないことも知っている。

「結婚するつもりはないよ」

「そうなのか？」

フェリクスの意外な言葉にポールは目を瞬く。ではなぜ令嬢と交際しているのだろう。彼は瞬時にポールの疑問を汲み取ったらしい。あいまいな微笑をたたえると、頬にかかるやや長めの髪を指で払った。

「彼女は会社にとって有益だからかな。今のところは、だけど」

フェリクスは侯爵令嬢だけでなく、その家族とも頻繁に顔を合わせているらしい。そこまで懇意ならば結婚も難しくないだろう。彼はいったいなにを考えているのか。

「侯爵家の一員になることには興味ないってのか？」

「ないな」

彼は断言した。フェリクスはポールから見て野心のある男だった。会社を父親の代以上に大きくしたことは誰が見ても明らかであり、今もなお勢力を伸ばしている。彼が侯爵家の娘と婚姻関係を結べば、王族にまでうまく取り入ることができるだろうに。

ポールが二の句が継げないでいると、フェリクスは口元だけに笑みを乗せた。

「近い将来、貴族制度は衰退する。爵位なんて歴史的価値を除いて、無意味になるよ」

「それは早合点じゃないか？」

たしかにこの国の貴族制度は、数百年単位で俯瞰《ふかん》してみると衰退していると言っていいだろう。昔は広大な領地から得られる収入だけで潤って、文字どおり働く必要もない有閑階級だったけれど、現状は違う。だからこそアルベール家のように事業で成功している貴族と婚姻関係を結びたがる上位貴族が増えはじめているのだ。

「いや、そうなるよ。だから目先の爵位に飛びついたところで、そんなに利益はない」

なおも断言する彼に、ポールは反論できなくなってしまう。自信満々に予言しているわけではない。ただそこにある『事実』を述べているかのような、淡々とした口調だった。

「そっか……フェリクスがそう言うなら、そうなんだろうな」

彼の言葉は、ともすれば傲慢とも受け取れるものだった。フェリクスはれっきとした貴族だ。ポールは上流階級ではあるけれど、爵位はない。

フェリクスという男をよく知らないものが耳にしたら、貴族という立場にいるからこその傲岸な発言として感じただろうが、ポールにはわかる。フェリクスはただ、事実を口にしただけであるということが。

ポールの言葉にも彼は、どうでもよさそうに笑うだけだった。

フェリクスとの対話から数日が経過した。その日、ポールには特別な約束はなかったが、昼下がりにぽっかりと時間が空いたので、レティシアを訪ねてみようかと思った。

彼女も年中暇なわけではないだろう。淑女らしくお茶会や音楽会へ出向くこともあるかもしれない。頻繁に会いにいきすぎて邪魔に思われるのは嫌だ、と思い予定を調整していたのだ。

本当なら毎日でも会いたかった。フェリクスが多忙であることに変わりはなく、『あと少し』と言いながらも構ってくれないのだと、先日レティシアが愚痴をこぼしていたのは記憶に新しい。

連日赴いたらレティシアは負担に思うだろうか。まだ親しくなってからの月日が短いため、彼女の価値観がわからないから、判断に迷うところだった。どこまで近づいて、どこから距離を取ればいいのか。

昔気軽に付き合っていた女性たちには、そのあたりの線引きが我ながらうまくできていたと思う。結果、女性たちはますますポールを追い求めるようになった。レティシアにも同様に振る舞えたらと思うのに、考えるほどに空回りしていく。

「レティシアはいるか？」

薔薇屋敷にたどり着いて使用人に声をかけると、彼女は先ほど街へ出かけたと告げられた。フェリクスは当然仕事中だ。使用人を従えているとはいえレティシアがフェリクスを連れずに外出するのは珍しい。おおよその行き先を聞くと、ポールも街へ出かけた。

彼女は母親を亡くして日が浅い。一見、以前の明るさを取り戻したように見えても、油断は禁物だと思っている。会って顔を見てたしかめたかったが、もともと約束はなかったのだ。会えなければ潔く諦めて帰ろう。

　さして期待せずに街へと馬車を走らせると、レティシアは若者が多く集う商店街にいた。軽食から高価な服飾品までが一通りそろうと言われている人気の場所で、彼女は食材が並ぶ一角に佇んでいる。

「レティシア」

「ポール……？」

　か細い声が耳朶をくすぐる。いつもと比べて頼りない口調に不安がかきたてられる。目はとろんとしていて、頬も赤かった。

「どうしたんだ、こんなところで。具合が悪いのか？」

「食材の買い出しをと思ったんだけど、なんだか調子が悪くて」

「それは使用人の仕事だろう？」

　馬車の後方にはレティシアが買い込んだ食材が置かれていた。お菓子作りに使われるものばかりだ。

「自分で、選んでそろえたかったの……」

　普段のはきはきした物言いとはうって変わって、頼りない話しかただった。仕草もどことなく緩慢で覚束ない。ポールは咄嗟に彼女の額に自分の額を押し当てた。一瞬の接触でわかるほどレティシアの体は熱い。

「おまえ、熱あるんじゃないのか」

自覚があるのか、レティシアは蕩けた目のままうなずく。

「家帰るか？」

ポールはレティシアが乗ってきた馬車を先に帰すと、自分が乗ってきた馬車に彼女を乗せて一緒に薔薇屋敷へ向かった。目を離していたくなかった。

馬車が出発して時間が経過しても、レティシアは目を閉じることもなく窓の外を潤んだ目で見つめていた。

「いつからなんだ？　熱」

問いかけてみると、彼女はやや遅れてポールのほうへ顔ごと向けて目を瞬いた。

「今朝、から」

「じゃあなんで買いものになんて行ったんだよ。無理することないだろ？」

ポールが呆れて息をついていると、レティシアは唇に人差し指を当てたまま目を伏せた。

「わたしが見て、選びたかったの」

「なんで」

「ポール、わたしが寂しくないように訪ねてきてくれるでしょう？　だからせめてお礼にポールに出すお菓子を、作りたかったから」

絶句する。息を呑んだきり返答ができなかった。ポールのために体調が悪いにもかかわらず出かけたというのか。

これほどの殺し文句を耳にしたことはない。今までに聞いたどんな言葉よりも揺さぶられて、精神ごと持っていかれそうになる。

胸に芽生えたのは甘さでも愛しさでもなく、怯えだった。

レティシアを意識しはじめてからというもの、自分でも驚くほどの速さで転がり落ちた。彼女を見ていると、年下の少女だということを忘れそうになるときがあった。あどけない顔をしていると思ったら、妖艶さの宿る瞳を向けてくる。

これ以上落ちたら危険だ。底なしの沼に片足を突っ込んでいる状態だ。引き返さなければはまって戻れなくなる。

「だからって、無理してまで……」

ポールの言葉にレティシアは答えなかった。熱で苦しいのか、虚ろに視線を漂わせている。

「おまえってやつは」

考えるよりも先に体が動いていた。肩を抱いても彼女が拒む様子がないから、腕を背中にまわして抱きしめる。彼女の体はやはり過剰な熱を帯びていて、健康ではないことを伝えてくる。

無理だ。最初に彼女の頼りない瞳に見つめられたときから、引き返せるはずがなかった。もう抜け出せなくてもいい。

「風邪、移っちゃうよ」

「大丈夫だよ、俺は滅多に引かない」

「そう。ポールはやさしいわね」

ささやくような落ち着いた声色だった。なにもかもが崩れ落ちそうだ。

指先まで熱を帯びた手、朱を刷《は》いた頬、蕩けたように潤んだ瞳、どれをとっても独特の艶めかしさがあって正視できない。

抱きしめていた腕を解くと、レティシアの体をやさしく座席へ戻す。少しでも眠ったほうがいいと思ったのだが彼女は熱のこもった目を再度ポールへ向けてきた。日ごろより赤く熟れた唇は、甘い毒を含んだ果実のようだ。

「ねえ、ポールなにか話して」

「ん？」

「わたしが眠らなくていいように、なにか話をして」

「なに言ってんだ、寝ろよ」

熱があるときに眠りを妨げるようなことなど、できるはずがない。ポールが身を乗り出すと彼女は目を細めて力なくほほ笑む。

「眠りたくないの。お願い……」

なぜそこまで睡眠を拒むのかわからないが、彼女の言葉には切実さがあった。

「わかった。でも家に帰ったら寝るんだぞ」

「うん……」

うなずいたきりレティシアは目を閉じて、なにも言わなくなった。体の疲れは相当だったようで、到着まで口をつぐんだままだった。

薔薇を見ていると、ポールは時折不安になることがあった。庭園は薔薇で一面埋め尽くされ、そこかしこに様々な品種が咲き誇っている。見ごろな時期はそれぞれ違うが、多種多様にバランスよく植えられているせいか、年中を通して楽しめるようになっていた。

きれいだとは思うが、ときに息苦しさを感じる。薔薇庭園を愛しているレティシアがポールの本音を聞いたら、呆れるか憤慨するかのどちらかだろうが。

彼女を送り届けた後、自宅へ帰るため馬車へ乗り込もうとしていると、今戻ったと思われるフェリクスの馬車が止まった。

「ポール、来てたのか」

「おう。レティシアを送ってきたんだが、熱があるみたいだぞ」

「そうなのか」

フェリクスの顔色が変わる。妹の不調を知らなかったようだ。

「ああ。でも付き人に伝えておいたし、そこまで症状が重いわけでもなさそうだった。二、三日安静にしてたら大丈夫だろ」

「そうか。すまなかったな」

ポールの言葉に、彼はわかりやすく安堵を表情ににじませる。これほどまでに感情が顔に出るフェリクスは珍しい。昔からレティシアにつきっきりでいることが多かったから、妹の体調不良を見逃すはずがないと過信していたのか。

「気にするな。じゃあ俺は帰るぞ」

「ああ。またゆっくり会おう」

フェリクスと別れて庭園を馬車で抜けると、ひとりきりの時間がはじまる。

そこでふと、あることを思った。

今まで考えたことは一度もなくて、想像さえしなかったことだ。

フェリクスは、レティシアを女性として見たことはないのだろうか。

彼らは兄妹だが血のつながりはない。フェリクスに限って義妹を女として見るなんてことは、あるはずがない。そう思いたかった。だが。

レティシアがいかに無自覚に、男を惑わせる少女であるかは、ポールが身をもって知っているだろう。恋がはじまってまだ間もない。ポールの知らない彼女の姿は数えきれないほどあるだろう。彼女と幼いころから同じ家で暮らしているフェリクスが、一度も惹かれたことがないと、どうして言えようか。

得体の知れない戦慄が背筋を走る。ありえない。そう思う一方で、絶対にないと言い切れない自分がたしかにいた。

なにに対する恐怖だろうか。漠然とした寒気を感じただけであるはずなのに、体の芯が底冷えするような感覚がまとわりついている。

目を閉じると、なぜかフェリクスの微笑と、身の毛がよだつほどに赤い薔薇と棘のある蔓が浮かびあがった。

＊＊＊

ポールに連れられ家に到着して、ベッドに横たわっていたレティシアの耳に雨音が届く。いつから降っていたのだろう。

少し肌寒く感じたが、熱が出ている自分には心地よかった。

寂しい。こんな雨の日には母を思い出す。母が初めて孤児院にレティシアの面会に来る予定だった日、今日のような雨だった。その日結局、母は来られなくて、幼いレティシアは灰色一色の空と雨模様を孤児院の小さな窓から何時間も見ていた。

「フェリクス……」

母が亡くなった日の彼の言葉がよみがえる。

『レティはひとりじゃない。死ぬときは一緒だ』

聞き間違いだったのかもしれない。そう疑いつつも、兄が実際に発したのだとも思っている。

彼はどんな気持ちで言ったのだろう。死ぬときじゃなくて、今そばにいてほしい。ずっと一緒にいたい。熱を出して苦しんでいるこの瞬間も手を握っていてほしい。レティシアが眠りに落ちることがないように、あの心地いい声で語りかけてほしかった。

フェリクスと一緒にお風呂に入り、深い悦楽を与えられたあの日から、レティシアは孤独な夢を見続けていた。いつもなら定期的に触れてくれるはずなのに、あの日以来抱きしめてもくれない。起きていても常闇に取り残されそうな恐怖を感じていた。

鼻が詰まって涙の気配が忍び寄ってくる。泣いてはいけない。

けれど必死で眠るまいとしていても、疲弊した体は睡眠を求めていた。夢とうつつの境界線はあいまいになって、瞼を持ちあげていることが困難になる。

雨の音を意識の隅で感じながら横たわっていると、部屋の入口扉が開く音がした。レティシアがこの世で一番好きな香りを感じる。それが誰なのかと考えるよりも先に本能が安心していた。

手を握りしめられ、頭をなでられる。先ほどまで眠りたくないと思っていたのが嘘のようだ。今なら、この手を離さずにいてもらえるなら悪夢も怖くない。

心より安堵したレティシアは、手のひら越しのおだやかな体温を感じたまま寝息を立てはじめた。

「おやすみ、レティ。もう少しだからいい子で待っていてね」

完全に眠りに落ちる寸前、額にあたたかなものが触れるとともに、そんな言葉が耳をかすめた気がした。

＊＊＊

後日、ポールは体調がよくなったレティシアを誘い出して、街へ買いものに来ていた。フェリクスに買ってもらった洋服や小物で着飾ってくれるのも嬉しいけれど、自分がプレゼントしたものを身に着けてほしいという思いがある。

王都で一番大きい百貨店へ足を運んでみるが、レティシアは遠慮してばかりでねだってくることがない。

「なんでもいいんだぞ？　好きなもの買ってやる」

「でもフェリクスがいいって言うかしら？」

先日唐突にフェリクスとレティシアの関係を疑ってからというもの、些細な言葉に引っかかりを覚えてしまう。ふたりは兄妹だ。男女としての感情など互いにあるはずもないし、許されない。レティシアがなかなか打ちとけてくれないための被害妄想だと自身に言い聞かせつつも、疑惑を振り払えないでいた。

帰り際、ふたりで馬車へ乗り込むとレティシアは照れたようにほほ笑んだ。

「いろいろと買ってもらって嬉しかったわ。ありがとう」

「そんなに買ってないだろ。いつでも欲しいものがあったら言えよ？」

「もー。甘やかしすぎよ」

レティシアは苦笑を漏らしているが、嫌がっている様子はない。物品で釣るなんて馬鹿げているが、今彼女の身のまわりにあるものは九割以上フェリクスが買い与えたものだ。日常生活でもポールのことを感じてくれたらいい。そんな邪な思いから誘った部分もある。少しずつでいいから、レティシアのなかの自分の存在が大きくなれば嬉しかった。

「さて、買いものは終わりだな」

「そうね。次はどこへ行くの？」

「それは着いてからのお楽しみだ」

今日はとっておきのところへレティシアを連れていくつもりだった。郊外にあるデートスポットで、若者の間で話題になっていたのだ。貴族の娘を連れていくような場所ではなく町娘たちの間での噂なのだが、レティシアなら気に入ってくれるだろう。

「ほら、こっち向け」

百貨店で購入したブローチをレティシアの胸のあたりに飾ってやる。深い青色の宝石の周辺を白金で彩るデザインだ。ショーケースの前でレティシアが立ち止まっていたので、プレゼントしたのだった。

「ありがとう。似合うかしら」

「ああ、この宝石の色が独特でいいな」

深海の青に曇り空の色をまぜて溶かしたような、深い憂いをたたえた色だ。レティシアがふいに見せる、物憂げな表情に似ているように思えた。

馬車が目的地へ到着するまでに、ポールはいろいろな話をレティシアに振った。日ごろから流行を意識しているため、女性を楽しませる引き出しの多さには自信がある。レティシアは社交界の華やかな女性たちに比べると、大人しくて控え目な性格をしているから、ポールがリードして話を続けるのだ。

だが、今までの女性たちとレティシアとでは、ポールの気持ちに決定的な違いがある。昔は下心や自分の社交界での評判、女性からの人気を意識していたけれど、今はレティシアの笑顔を見られるだけで心が満たされるのだ。まるで遅すぎた初恋に遭遇しているかのような気分だった。

やがて馬車がとまる。目的地にたどり着いたようだ。ポールは先に馬車から降りるとレティシアの手を取って、地面に下ろした。

「あ……」

レティシアの口から声にならない音がこぼれた。ふたりが降り立ったのは街はずれにある公園だった。その一角には薔薇の植え込みで作られた迷路がある。

レティシアが薔薇を好いているのは、屋敷の様子を見ていたらわかる。ぜひここへ一度連れてきたいと思っていたのだ。

「どうだ？　ここ、迷路になってるんだってさ」

ポールが笑顔を向けると、彼女は呆然と咲き誇る薔薇を見つめていた。不思議とその目は、今ではなくて遠い昔に向けられているような、不思議な感情を浮かべていた。

「レティシア？」

　呼びかけても彼女は応えない。ただ薔薇の木々やアーチに視線を送っている。この場所が気に入らなかったのだろうか。訝しんでいると、レティシアはようやく大きな黒目がちの目を瞬いて、笑顔を見せた。表情がどことなくぎこちない。

「あ……ごめんなさい。あまりにきれいでびっくりして」

　すぐに嘘だとわかった。だが言葉を偽る理由がわからないし、問い詰めるのは得策ではないと察した。ポールも慌てて笑顔の仮面を纏う。

「そうだろ？　この迷路がなかなか面白いって噂なんだ」

　手を引いてエスコートする。レティシアは最初戸惑いがちに歩みを遅くしていたけれど、徐々にポールと肩を並べて足を進めるようになる。

「香りもすてき。よく手入れされてるわ」

「薔薇の質はレティシアの家と比べると劣ると思うが、ここもなかなかだろ」

「そうね。きれい……」

　レティシアの目はまだ遠くを見ていた。会話しているのに、心ここにあらずといった様子だ。ポールは状況を呑みこめていないが、この薔薇の迷路を選んだのが失敗だったことだけはわかった。

　一通りふたりで迷路を歩くと早めに切りあげて馬車へ戻る。帰り道、レティシアの言葉数は行きよりも少なかった。まだどこか遠くを見ているような、悲しげとも違う切なそうな瞳をしている。

『次までにひとつだけ、わたしの好きなところを考えておいて？』

話題を考えているうちに、ふいに頭のなかで懐かしい声が思い出された。レティシアにはじめて想いを告げた日に、どこが好きなのかと問われたのだった。

今答えたら、彼女もポールの好きなところを言ってくれるだろうか。以前そういう約束をした。答えてくれなかったとしても、今の正体不明の重苦しい空気を払しょくしたかった。

「なあ、レティシア」

馬車の外を見つめているレティシアに声をかける。普段ならすぐに振り向いて笑顔を見せてくれる彼女が、なぜか硬直したように動かない。

「レティシア？　どうした？」

「ポール、あれ……」

レティシアが窓の外を指す。大通りの向こう側には馬車がいくつか停まっていて、一台見覚えのあるものが視界に入った。

「フェリクスの、だよな。あれ」

直後目を見張る。フェリクスが馬車から降りる女性の手を取って、エスコートしていたのだ。例の噂になっていた侯爵令嬢だった。

「誰？」

レティシアの声は凍りついていた。

「以前話しただろう？　あれが例の侯爵令嬢だ」

問われるままに教えるが、彼女は眉根を寄せて窓の外から視線をそらさずにいた。

「大丈夫か……？」

ただならぬ雰囲気を感じたポールが再度尋ねても、彼女はなにも言わずうなずくだけだ。馬車が出てから横顔を一瞥すると、伏せられた目に昏い光が宿っていた。女の目だ。

レティシアにこんな表情ができるなんて知らなかった。ポールの前で、彼女はいつでも少女だった。急に隣に座っている女性が遠い存在に感じる。

たとえるなら、幼いとばかり思っていた娘に恋人がいると知ったときの父親の心境だろうか。味わったこともないくせになにを考えているのだろう。

頭が混乱していた。静かに動揺していると、馬車はいつの間にか薔薇屋敷にたどり着いていた。

「ポール、今日はありがとう」

別れ際、レティシアはいつもの無邪気な表情に戻っていた。馬車のなかで見せた昏さの片鱗も感じないほどに明るい。感情と表情が必ずしも結びつかないことはわかっている。

兄のフェリクスも、おだやかな顔を見せつつ目だけが冷たいときが多々あった。変なところで、兄妹の共通点を見つけてしまって、ポールの気分はますます沈んでいった。

＊＊＊

ポールを乗せた馬車の明かりが、濃紺の景色へと溶けていくのを見守りながら、レティシアは息をついた。

今日は彼に悪いことをした。ポールがすばらしい男性だとわかっているのに、なぜ彼のことを考えても胸の奥が締めつけられるあの感じがないのだろう。表面上取り繕ってはいたけれど、聡い彼にはレティシアが上の空であったことは見抜かれているだろう。

特に、薔薇の迷路へ連れていかれたときには息がとまるかと思った。あそこはフェリクスとの大切な思い出がある場所だ。幼かったあの日以来、足を運んだことはなかったけれど、忘れてなどいなかった。

悲しいくらい昔と変わっていなかった。迷路を歩いていると、あの日フェリクスとはぐれて寂しかったこと。泣きだしそうになっていたこと。やっと見つけてくれたときのフェリクスが、ひどく慌てていたことを思い出した。

迷路でレティシアを探してくれた彼の様子が、先日母を亡くしたレティシアのところへ駆けてきてくれたときと重なった。今さらこんなことに気づくなんて。

そうだ。彼は昔から変わらない。いつでもレティシアのことになると、一生懸命になってくれる。

またふたりであの薔薇の迷路へ行きたい。今度はあのころみたいに迷子にはならないから、フェリクスを困らせることもない。ふたりで手を取ってゆったりと散歩したい。あの思い出の場所は、フェリクスとレティシアだけのものだ。

でも彼は、今ごろ侯爵令嬢と過ごしている。レティシアの知らない場所を彼女とめぐり、思い出を作っているのだ。高貴な家柄にふさわしい華のある女性だった。元は貧困層の生まれである自分とはなにもかもが違いすぎる。

フェリクスはあの女性に触れたのだろうか。レティシアにしたように口づけて、ドレスを解き、素肌に触れてさらに奥にまで舌を這わせたのだろうか。

想像すると、胸の奥にどす黒い炎とともに、不可解な熱が生まれた。侯爵令嬢とフェリクスの閨事《ねやごと》など想像もしたくないのに、見たこともない光景が鮮明に、脳内に映し出されてしまった。

兄が彼女に触れる。レティシアといるときとは別人のような顔をして、美しい女性を抱きしめていた。深く口づけていくうちに、彼の手は侯爵令嬢の胸元を解いていく。

人の情事など目にしたことはないのに、なぜかフェリクスと令嬢の熱、息遣い、色づく肌の色までもが見えてくるようだった。

いつしか金髪の令嬢は、黒髪のレティシアにすり替わっていた。兄が自分に触れる。もっと深くまで来てほしい。

そう思ったところで物音が聞こえてレティシアは我に返った。半分開いていた扉が風で音を立てて閉まったようだ。妄想の世界に飛んでいた自分を恥じるとともに、改めて考える。

ずっと聞けずにいたけれど、なぜフェリクスはレティシアに深く触れてくるのだろうか。海辺の別荘を訪れたときには、体の距離はたしかに近づいた。

だがそれだけなのだ。体が近づけば近づくほど、兄がなにを考えているのかわからなくなって、心の距離が離れている気がしていた。

使用人の手を借り、考えごとをしながら入浴を終えて、夜着に着替える。途中でイヤリングが片方なくなっていることに気がついた。ポールと買いものをしていたときにはあったはずだ。いつからなくしていたのだろう。フェリクスに買ってもらった大切なものなのに。次回ポールに会ったときに聞いてみよう。

ポールとの関係や今後のことを思うと気持ちが沈む。

おだやかで安心できるポール。どことなく危うさと妖しさを纏う兄。どちらの手を取ればいいか、考えなくてもわかる。

だがレティシアはもう、自分の気持ちをごまかせないところまできていた。

兄に惹かれている。異性として、男として。血のつながりがないから許されるという問題ではないこともわかっていた。明るく爽やかなポールの手を離して、あえて荊の道を選ぶというのか。己の愚《おろ》かさが骨身にしみる。

髪に薔薇の香りのする水を振りかけ、丁寧に馴染ませた。フェリクスがきれいだと言ってくれる髪の手入れはいつも怠《おこた》らなかった。そろそろ眠る準備をしなければいけない。兄は侯爵令嬢と過ごしていて帰ってこないかもしれないから、ひとりで眠る必要がある。

ふいに、棚の上に置いたブローチが視界に入った。歩み寄って手に取り、中央の宝石を見つめる。今日ポールと街へ出かけたときに贈られたものだ。

ショーケースに飾られていたところを眺めていたら、気に入ったと思われたのかプレゼントしてくれた。たしかに気に入った。けれどその理由はあまりに残酷で、ポールには伝えられなかった。

深い青と灰色をまぜた不思議な色の宝石は、フェリクスの瞳の色を彷彿《ほうふつ》とさせた。見るものを惹きつけ、魂ごと引きずり込まれてしまうのではないか、と錯覚させる深い双眸の色に似ている。

ブローチを見つめていると兄と視線を交わしているような気分になって、体が熱くなった。どうかしている。今ごろフェリクスは侯爵令嬢と楽しく過ごしているのだろう。

寂しくなって窓辺へ歩み寄ると、月が浮かんでいた。あの月が空の天辺へ来るころには、兄と令嬢は閨をともにしているかもしれない。悔しくて、青灰色のブローチを握りしめた。

そのときだった。背後の扉が乱暴な音を立てて開く。

なにごとかと振り返ると、たった今想っていた人が現れた。

「フェリクス？」

彼はレティシアの呼びかけに応えず、無言で部屋のなかほどにまで足を進めてくる。端整な顔からは表情が抜け落ちていた。ブローチと同じ青灰色の瞳にも、なんの感情も映していない。

「フェリクス……？　どうしたの？」

「ポールとあの迷路へ出かけたんだね」

「えっ？」

「あの場所は、僕とレティだけの思い出の場所だと思っていたんだけどな」

兄が口にしたのは予想もしない言葉だった。即座に返答できずに目を瞬いていると、レティシアが握りしめているブローチに視線を移して、彼は口角を吊りあげ小さく笑った。

「予想外だったよ……ポールがここまでやるとは」

「どういうこと？　今日は……侯爵令嬢と会っていたのではないの？」

今の時間に屋敷へ帰ってきたということは、途中で令嬢との時間を切りあげてきたのだろう。なぜフェリクスがそんなことをしたのか。そしてなぜ今、冷たい表情でレティシアを問い詰めているのか。

「それはポールからの贈りもの？　へえ、なかなか悪くない趣味だな、あいつも」

問いには答えず、フェリクスはレティシアの手からブローチを取りあげてしまう。

どうしたのだろう。こんな兄を見たことがなかった。口元には薄い笑みをたたえているが、楽しくて笑っているわけでないことはわかる。濃い青灰色の双眸は凍りついたように冷たい。

「フェリクス……」

「少しポールを泳がせすぎたな。キミとの関係がなにか変わればいい、とは思っていたけれど、こんなにも効果があるとは……まさかレティがあいつとあの場所へ行くなんて」

瞬間、レティシアは兄が言いたいことを悟った。彼はレティシアの意思で薔薇の迷路へポールと赴いたと思っているのだ。あの場所へ行ったのは偶然でありポールのエスコートを受けただけだ。

「フェリクス、違うの聞いて」

背の高い兄を見上げる。しかしレティシアが懸命に訴えても、彼は目を眇《すが》めながら冷笑するだけだった。

「まあ、仕事や会社にばかり時間を取られていた僕にも責任はある、か……」

言いながら、フェリクスは懐から一本のベルベット生地の紐《ひも》を取り出した。彼は深いローズレッドのそれで、なでるようにやわらかくレティシアの両手首を結わいた。

「えっ？」

なにをされたのかわからなかった。だからレティシアは紐で束ねられた手首を見つめながらも、自身の置かれている状況を理解できない。

フェリクスは器用にも一瞬でレティシアの手首の自由を奪った。紐の材質はやわらかく痛みはない。咄嗟に両手を動かして身じろぎしてみるものの、解けないように結ばれているらしかった。

「まさかレティが、ポールなんかになびくなんてな。失敗だったよ」

「……フェリクス、どうしたの？　これ解いて？」

極力冷静な声を出してみたが、滑稽《こっけい》なほどに震えていた。レティシアがひるんでいるのはフェリクスの目からも明らかだろう。

「ねえレティ。キミは誰のものだと思う？」

紐で結われた手首をフェリクスにつかまれ、体の向きを変えられた。そのまま抱きかかえられて、ベッドへと連れていかれる。軽く投げ出されて深く沈み、薔薇の深い香りが鼻孔をくすぐった。

「や、やだ……」

目を見張る。手首を縛るベルベットの紐の先をつかむと、フェリクスはベッドフレームに結びつけてしまった。逃れられなくなったレティシアを跨いで組み敷くと、彼は蠱惑的にほほ笑む。

フェリクスのこんな表情はこれまで見たことがなかった。ブローチの宝石よりもはるかにレティシアの心をつかんで離さない双眸から視線をそらせないでいると、夜着の前を裂かれた。

喉の奥から声にならない音がこぼれる。兄が突然こんな行動に出る理由がわからなかった。

「やめて、フェリクス」

「どうして？　ポールのほうがいいから？」

「なにを言ってるの……？」

兄の言葉が理解できない。

いや、本当はわかっていた。ありえないことだと無意識のうちに考えないようにしていたのだ。

フェリクスはポールに嫉妬している。レティシアを彼に渡したくないと思っているのだ。だがそもそもポールと親しくなるきっかけを作ったのは兄だ。どうして今さらそんなことを言うのか。

「あっ……」

今の状況をどう考えていいのかわからず混乱していると、突然胸元の突起をつままれ、予期せぬ刺激に体を震わせ声を漏らす。別荘で同じことをされたときには、羽根でなでるかのようなやさしい手つきだったというのに、どうしたのだろう。

いくらポールのことで嫉妬しているからといって、フェリクスがレティシアの嫌がることをするとは思えなかった。一瞬、恐怖に襲われるが、直後兄はレティシアの乳暈《にゅううん》を指で捏ねて、もう一方に口づけた。

「んっ……は、ぁ……」

今度はやわらかな感触だった。だが慈しみ一色だったあの日とはなにかが違う。ひどく淫靡で昏い欲望の熱が、兄の指先から伝わってくる。

怖くてたまらない。今すぐ紐を解いて逃げたいと思っているのは事実なのに、一方で見たことのない兄の表情を知りたいとも感じている。

もともと今日は、フェリクスの帰りを待ちわびて熱を持て余していた。兄がほかの誰かに触れるくらいなら、レティシアを抱きしめてくれたほうが幸せだ。

「レティ。抵抗しないんだ？」

兄の言葉にレティシアは口をつぐむ。抵抗する理由なんてない。別荘のときにも抗う気なんてなかった。

沈黙は肯定として受け取られたようで、フェリクスは目を伏せると口元に笑みを刻む。長いまつ毛が瞳の色を覆い隠した。

「いいの？　もう今までのようにはいかないよ」

「え……？」

フェリクスの指がレティシアの秘唇に触れる。胸の愛撫だけで十分に潤っていたようで、兄の指を拒むことなく呑みこんだ。

「あ、ああっ……」

今まで触れられていたところより奥深くへの侵入に、兄の真意を知る。『今までのようにはいかない』彼はそう言った。その意味がわからないほどレティシアはもう幼くなかった。経験から得たものではないが、フェリクスとの関係に悩み、恋愛小説などで性愛の場面を意識して読むうちに、おぼろげながら知識だけは身についていた。

「い、いやっ……」

拒絶ではなく、未知のものへの不安と羞恥だった。身を縮めて逃れようとすると、仰向けに拘束されて押さえつけられ、やわらかな唇がレティシアの唇に重ねられる。

深いものへと変わると思いきや、レティシアの上唇を軽く舌でなぞっただけで離れていく。お互いの姿さえろくに見えない暗闇なのに、彼の舌の赤さが鮮明に見える気がした。

本当に最後までするつもりなのかと心のなかで問いかけていると、再び唇を重ねられて今度は舌を差し入れられる。深い口づけで互いの唾液がまざりあう。麻薬のようにレティシアの常識や道徳を麻痺《まひ》させていった。

「んっ……ふぅ……」

ようやく口づけが解かれたとき、レティシアの体は先ほどよりもさらに欲の熱を帯びていた。割れ目に二本目の指が押し当てられる。緊張してはいたが拒むつもりはなかった。まだ狭い自身の入口は二本目を迎え入れた。

はじめて男性を受け入れるときには痛みが伴うという。少しでも軽減させるための行為だとわかるから咎める気になれなかった。

こうしている間にも胸はさらされたままだ。兄の視線のせいか秘部への刺激のせいか、突起はいつもよりも赤く色づいていた。

フェリクスはいやらしい音を立てながら、何度も尖りに口づけ吸いあげた。右胸に満足すると今度は左へ、と緩急をつけながらときに舌でなぞり、軽く歯を立ててレティシアを翻弄する。

「やだっ、やだぁ……」

体が勝手に痙攣するのが恥ずかしい。乳首を刺激されるたびにじわりと下肢が疼いて湿っていく。そのたびに二本の指の抽送がなめらかになっていった。

下肢からあふれる蜜は、兄の手を汚してベッドにまで滴っていく。羞恥と快楽の狭間でレティシアは啼くことしかできなかった。

ふいに兄の手がレティシアの体から離れる。今さら小さな抵抗など意味をなさないとわかっていても、彼に背を向けて顔を隠さないと恥ずかしくてたまらなかった。

「もういいかな」

静かな声だった。背後から響いたフェリクスの声に振り返ろうとするより先に、肩をつかまれ、ベッドに仰向けに戻される。

兄の服装も乱れていた。普段は隙を見せないせいか、今はいつになく妖しげな色気を孕んでいる。

「ねえレティ。念のため聞いておくよ」

言いながら、兄はレティシアの体を跨いで溶けたままの秘部に熱い楔《くさび》の先端を押し当てる。

「や……」

「貴族の娘が純潔を失う。この意味がわかるかい？」

冷笑とともに残酷な言葉を吐き捨てながら、熱く硬いものを濡れそぼつ膣口に押し当ててきた。

言われなくてもわかる。レティシアは今後、嫁ぐあてがなくなる可能性があるということだ。

いずれはフェリクスのもとを離れて、自分の意思に関係なく他家へもらわれていくのだと思っていた。

その日を想像するたびに寂しくて、身を引き裂かれるような思いをしたものだ。なぜ悲しかったのか、今なら理由がわかる。

「わかるわ……」

兄の目を見て答えた。彼は意外そうに双眸を細めると、無表情でレティシアを見下ろしてくる。

「これでポールと恋人ごっこをし続けるのも難しくなると、わかっているのかな」

わかっている。あえてうなずく気にはなれなかったが、レティシアの本心はひとつだ。どこへも行きたくない。離さないでほしい。つかまえていてほしかった。

フェリクスこそ、生娘の純潔を奪ってしまえば逃れられない責任が生じることを知っているのだろうか。

フェリクスはレティシアの視線を受けて、どこか満足げに口元だけに笑みを浮かべると、押し当てていた杭をためらうことなく体内に埋めてきた。

「あ、あっ……」

柔肉が押し広げられる。狭道を熱塊によって無理やり埋められた痛みは無視できないが、苦痛だけではなかった。

懸命に唇を噛んで痛みに耐えていると、彼は動かずにレティシアの体内が彼の形に馴染むのを待っているようだった。

フェリクスの表情は、苦しいような、つらいような複雑なものだ。レティシアにその意味はわからなかった。

もう戻れない。引き返せない。義理とはいえ、兄妹の禁忌を破ってしまったのだ。

「これでレティは、僕のものだ」

兄が昏い光をたたえた瞳で嗤う。体だけではなく、心ごと奪われてしまいそうな笑みだった。

やがて律動が開始されて、結合部から濡れた音が聞こえてくる。最初のうちこそ痛みはあったけれど、フェリクスが丁寧に馴染ませてくれたせいか徐々に苦痛が減り、しばらくすると腰のあたりに甘い熱が生まれてきた。

「フェリクス……あ、あ……っ」

悦楽に身をよじろうとしたところで、さらに深く貫かれる。たくましく雄々しい兄の杭を隙間《すきま》なく埋められた体は、いつしか痛みを忘れて快感ばかりを追っていた。

体が悦ぶのをとめられない。兄が律動するたびに抗いがたい熱が込みあげて、本能が彼を締めつけた。

「あぁっ……やだ……ダメ……」

何度も口づけを交わす。レティシアの目尻から流れた生理的な涙に、フェリクスは丁寧に唇を落とすと舐めとっていった。

痛みはいつしか消えて、愉悦ばかりが体に広がっていく。お互いの吐息が乱れて、部屋には淫靡な音が響く。結合部が驚くほど熱くなり、太く硬いものを締めあげた。

「レティ……」

「あ、あっ……フェリクス」

すでにお互いが名を呼ぶことに意味などなかった。本能が目の前の相手を求めているから、自然と口をついて出るのだ。

抱きしめられると、さらに熱が高まる。レティシアは縛られた手をよじりながら啼いた。両手が自由だったならば彼の背に腕をまわして力一杯引き寄せたのに。

やがて覚えのある感覚が込みあげて目を強く閉じる。

「あっ……あぁ、ぁ……！」

愉楽の波に流され声を漏らすことしかできないでいると、直後、膣内に埋められたままの兄の屹立《きつりつ》が脈を打ってあたたかいものを吐き出す感触があった。その感覚にレティシアは小さく震える。

兄と体をつなげて精を注がれてしまった。許されない事実であるはずなのに背徳感さえも心地いい。

もう目を開けていられなかった。意識のなかに存在するあたたかな海底にたゆたいなが

ら、レティシアはフェリクスに抱きとめられたまま感覚を放棄した。

＊＊＊

馬車に乗って薔薇屋敷を出たポールは、帰り道の半分に差しかかるより手前のところで、座席の奥に光るものを見つけた。

「ん……？」

手に取ってみると婦人用のイヤリングだった。レティシアの耳に揺れていたものだ。気づかない間に落としたのだろう。

今から戻るには少し遠いが、届けるならば早いほうがいいはずだ。失くしたと思って探しているかもしれない。ポールは御者に告げて馬車の方向を変えると、再び薔薇屋敷へ走らせた。

屋敷にたどり着くと、建物の前にはフェリクスの馬車が停まっていた。今日は珍しく早く帰ってきたようだ。門衛に伝言を告げて、イヤリングを渡してしまおうかとも思ったが、せっかく戻ってきたのだからレティシアの顔を見て帰ろうと思いなおす。

屋敷に入ると閑散《かんさん》としていて使用人の気配はない。数を減らしたとは聞いていたが、住み込みで働く者はほとんどいないのだろうか。

レティシアの部屋へたどり着く前に、使用人に鉢合《はちあ》わせたらイヤリングを預けようとも思っていたのだが、誰ひとりとしてすれ違わない。

彼女の部屋のある廊下へ差しかかったところで細い声が聞こえた。レティシアの声だ。室内に誰かといるようだ。

邪魔をしては悪いと思い相手の声をうかがうと、フェリクスのようだった。なにかを話しているが会話の内容までは聞こえない。

声をかけようとしたところで、ポールは息を呑んだ。

扉は施錠《せじょう》されておらず、音もなく勝手に開く。レティシアとフェリクスは部屋のなかほどに置かれたベッドの上にいた。彼らは部屋の扉が開いたことにも、ポールが姿を現したことにも気づいていない。入口からベッドまでは距離があり、間にソファや飾り棚があったため、向こうからは見えにくくなっていた。

背後からレティシアを抱きしめているフェリクスの手が、彼女の肢体を覆い隠している下着のなかへと差し込まれる。

か細い吐息にまじり、声が聞こえる。聞いたこともないレティシアの甘い声は、ポールを混乱させるに十分だった。目の前でなにが起きているのかわからない。気づかれないように身を隠すことが最優先であることは理解できたため、ふたりから完全に死角となるところへ移動した。

見たくはない。これ以上ふたりの姿を目にしたくはないのに、部屋の前から立ち去るという選択ができなかった。

フェリクス、と悩ましげな声で義兄の名を呼ぶレティシアの声が聞こえる。

ほの暗い部屋のなか、入口付近にあるよく磨かれた家具には、ベッドの様子が映し出されていた。レティシアは手を縛られている。まさかフェリクスが義妹に強姦を働いているのかと考えるが、口づけに応えるレティシアの様子を見ていると、無理やりには見えない。子ども同士のままごとのようなキスとは違う。ふたりはいつからこんな関係だったのか。

いつしかレティシアの身に着けていたものは役割を放棄していて、体のシルエットがあらわになる。艶めかしくも瑞々しくもあるその体を惜しげもなくさらす。鏡面越しの彼女はこの世の誰よりも遠く感じた。

フェリクスは義妹の高価な夜着を無遠慮に裂いた一方で、肌に触れるときには羽根のようにやわらかだ。首筋に吸いつかれたレティシアは蕩けた声を漏らす。完全に大人の女の声色だった。

徐々に視界は暗がりに慣れていく。ゆえに些細な色合いまでが届いてしまう。ポールが見たどんなときよりも色づいた薔薇色の唇が解けるたびに、艶めかしい声がこぼれる。フェリクスのもう一方の手はレティシアの下肢に触れていて、なにをしているのかは言われずとも理解できた。

物音を立てないように部屋の前から立ち去ると、屋敷を出る。馬車に乗って帰る途中も、なにを思っていいのかさえわからない。イヤリングを返すという用件は、もはや頭から抜け落ちていた。

フェリクスとレティシアが男女の関係にあった。認めたくない事実だが、あの場面を見て違う解釈をするのは無理がある。いつから。どちらから。レティシアは義兄と肉体関係を持っていながらなぜ、ポールの誘いに応じるのか。

だが一番不可解なのはフェリクスだ。彼はなにを思って義妹に手を出しているのか。ポールにレティシアを時折預けるのはなぜか。どんな心境なのか。考えれば考えるほどにわからなくなる。

『ポールにだったら、安心してレティを任せられるな』

ふいに美しくほほ笑んでいた日のフェリクスが思い出される。妹思いの兄を演じながら、心のなかでポールのことを嘲笑っていたのか。そんな男だとは思いたくないが、先ほど見た情事を思い返すと、彼のことを庇うこともできない。

「俺を馬鹿にしてたのか……」

拳を握りしめる。震えるほどに憤りは強かった。

混乱していた頭は時間が経つにつれ、嫌でも平静さを取り戻す。凪いだ感情が冷静に現状を把握して、最初につかみ取ったものは憎悪だった。

許せない。フェリクスを許してはいけない。

ポールは拳に爪が刺さっても、解くこともせずに膝の上で握りしめていた。

数日後、ポールはフェリクスと会う約束をしていた。普段はポールが彼らの家へ赴くことが多いが、今日はフェリクスがやってくる予定だった。仕事で近くへ来るらしくて、帰りに寄ると連絡が来たのだ。会いたい気分ではなかったけれど、憤怒《ふんど》は募る一方で、一度顔を見て話さなければ夜も眠れなくなりそうだったから、よい機会かもしれない。

フェリクスが到着するまで、自室で新聞を読んでいようと文字を目で追うが、内容が頭に入ってこない。先日の光景が気にかかっているのは自分でもわかっていた。新聞を置くと視線の行き場がなくなり、壁の模様を意味もなく追う。

先日、彼らの情事を目にしたとき『いつから』ふたりの関係がはじまっていたのかと悶々としたが、数日考えてみてポールはひとつの結論にたどり着こうとしていた。

いつからもなにも『はじめから』だったのではないのか。フェリクスが昔からレティシアを特別な目で見ていたのは知っていた。

その『特別』を読み違え、ポールだけがなにも知らず今さら本当の恋を知ったような気分になって浮かれていた。道化もいいところだ。フェリクスが作りだした舞台でひとり滑《こっ》稽《けい》に走りまわり嘲笑されていたのだ。

「ちくしょう……」

惨めな現実を振り払おうとしたところで扉が叩かれて、使用人がフェリクスを通す。おだやかなほほ笑みをたたえる彼は、普段となんら変わりないように見えた。

「遅くなって悪かったね」

「ああ、別にいいよ」

約束の時間をわずかに過ぎているが責める気にはなれなかった。ポールのほうが間に合わず迷惑をかけたことは数知れないのに、フェリクスはいちいち律儀だった。だがそんな誠実さすら表向きだけかもしれないと思うと、胸中にどす黒い感情がたまっていく。

「今日はとてもいい天気だな。最近雨が多かったから心地いい」

フェリクスは落ち着いた表情で窓の外を見つめた。久しぶりの晴天は見る者の心を和ませるだろうが、ポールの心情は逆に翳っていくばかりだ。

「そう、だな……」

「ポールのところは広いバルコニーがあっていいな。もう少しあたたかい時期だったら、外で過ごすのも気持ちよさそうだ」

「ああ……」

「ポール？　どうしたんだ」

ポールの返事の歯切れが悪いことに、彼は気づいたようだ。怪訝そうに眉根を寄せて、視線をポールに戻してくる。

いざ話そうとすると、どう切り出していいのかわからなくなる。『兄妹で関係を持ってるんだろ』なんて聞けるはずがない。

まずは、普段どおりの会話からはじめることにした。世間話、仕事、政治や経済、共通の知人の話。話題ならいくらでもある。きっかけを待っていたせいか、その話をする機会はあっさりと訪れた。

「そういえばポール、ここ数日うちに来ないな。レティが寂しがってたよ」

「レティシアが？」

「ああ。おいしいケーキが作れるようになったから、ポールにもぜひ食べてもらいたいらしい」

フェリクスの表情は以前と変わりなかった。義妹との交わりに罪悪感を抱いているどころかポールの気持ちを慮るつもりもないことが伝わってくる。あの関係を知られているはずがないと思っているからこその余裕なのかもしれない。溜まりに溜まっていた鬱憤は唐突に弾けた。

「なあ、フェリクス」

「ん？」

「レティシアを俺に任せたいって前に言ってたよな。あれ、どういう意味だったんだ？」

「どういう、って？」

フェリクスは目を丸くする。なにを問われているのかわからないといった表情だ。

「今だってレティシアに会いに来るように勧めてきたり……俺は、おまえの考えてることが、わかんねえよ」

ポールが半ば自嘲《じちょう》気味に吐き捨てると、フェリクスは眉をひそめた。

「わからないって、どういうことだ。言いたいことがあるならはっきり言えよ」

なおもしらを切ろうとする彼に、苛立ちが頂点に達した。

「おまえ、レティシアを俺に渡す気なんてないんだろ！　俺がなにも知らないと思ってるのか！」

本心をぶちまけてしまった。この後フェリクスがどう出るか予想できないだけに、臆する気持ちがまったくないとは言えないが、数日間抱えていた憤りを吐き出した達成感はあった。だが、一瞬の清涼感はフェリクスの返答によって黒く塗りつぶされる。

「なにを言っているんだ、ポール」

「とぼける気か」

拳に力がこもる。気を抜くと、フェリクスにつかみかかってしまいそうだった。

「とぼけるってなにをだ？　言ってる意味がわからないんだが」

兄妹で関係を持っているのか、などと口にしたくもない。精一杯伝わる範囲で遠まわしの言葉を選んだつもりだった。それでもなお知らぬ存ぜぬを通す彼に憤りを覚えた。

「おまえは、レティシアを女として見てるだろうが！」

ポールが怒鳴っても、フェリクスに焦りは微塵も感じられない。それどころか唖然としたように目を瞬いてから訝しげに顔をしかめただけだった。

「女としてって、ずいぶんな言われようだな。僕に対しても、なによりレティに失礼だと思わないのか」

「そうか、あくまで認めるつもりはないってことか。よくわかったよ」

怒りを静めるためにフェリクスに背を向ける。今すぐに冷水でも浴びて頭を冷やしたいと思っていると、背後の彼が息をついた。

「なにがあったか知らないけど、あまり思いつめるなよ。今の言葉は水に流してやる。落ち着いたらまた話そう」

白々しいほどにやさしい言葉を吐いて、フェリクスは部屋を後にした。

「くそっ……」

残されたポールは行き場を失った感情を持て余して頭をかきむしる。

大切な友人だった。彼も同じように感じてくれていると思っていた。なんという裏切りだろう。

仮に義妹と関係があったとして、早くに打ち明けてくれればよかったのだ。ポールがレティシアに恋する前に。下手にポールとレティシアを近づけようとしなければ、恋することもなかったのだから。

許せない。やはり許せそうにない。憤怒と恋慕がまざりあい、今までにないものが形作られようとしていた。


フェリクスと最後に会ってから十日ほどが経過した。アルベール兄妹に会いたくなかったポールは、薔薇屋敷への訪問を控えるようになり、仕事以外の空いた時間はクラブで費やすようになっていた。完全会員制で若い紳士が中心なので、落ち着いて過ごすにはいい場所だ。革張りのひとり掛けソファでくつろぎながら、サイドテーブルに酒を置き、思い思いに新聞や本を読んでいる。

なんとなく、ひとりになりたくなくて来ていたが、喧騒《けんそう》がなさすぎてひとりでいるのと変わらない。嫌な考えごとが進んでしまう。

しばらく会っていないが、レティシアは元気にしているだろうか。彼女は自分で時間をつぶすことが苦手で、フェリクスが仕事をしているときはいつも寂しそうだった。屋敷でできる仕事ならまだいいが、彼は社へ赴いたり商売相手と顔を合わせたりと、実権を叔父に譲ったというのに相変わらず精力的に活動していた。

レティシアがひとりでいる間、どんな表情をしているのかと思うと切なくなる。

ポールが彼女に熱をあげていたころ、会いにいくといつも喜ばれた。手作りの焼き菓子を嬉しそうに振る舞う彼女を見ていると、ポールは特別視されているのではないかと、今となっては痛々しい勘違いをしていたものだ。

レティシアにとってポールは所詮、フェリクスの代理でしかなかったことが、今ならばわかる。最初から彼女は義兄のことしか見ていなかった。義兄が多忙でそばにいてくれないから、代わりが欲しいというだけだったのだ。話を聞いて、一緒にティータイムを過ごしてくれる相手ならばポールでなくてもよかったに違いない。

考えるほどに己の滑稽さが浮き彫りとなって、憤りが込みあげる。今あの兄妹と顔を合わせたら、どんな暴言を吐いてしまうか想像がつかなかった。手ひどく裏切られたけれど、レティシアを愛しいと思っていた気持ちに嘘はない。傷つけたくはないのだ。

やるせない思いを蒸留酒と一緒に流し込む。スピリッツ独特の刺激が舌から喉へと伝っていき、焼けるような感覚とともに、一層脳に靄がかかった。

度数が強すぎるアルコールは普段あまり口にしないのだが、てっとり早く酔って嫌なことを忘れたかった。けれどどうしてもうまくいかない。あの兄妹のことを頭から追い出すにはどうしたらいいのだろう。

「よう、ポール」

物思いに耽っていると、見知った顔の男が向かいの席に腰を下ろした。上質な服に身を包んだ彼は、紳士然としている。

「どうも、クレマンさん」

クレマンはポールの大学時代の先輩で、由緒ある伯爵家の嫡男だ。アルベール家から距離を取るようになり、クラブ通いをするようになってから、クレマンと顔を合わせる機会が多くなっていた。

フェリクスと会いたくない一心で、彼が顔を見せないクラブへと足を運んでいたため、普段と違う顔ぶれと鉢合わせることは必然だった。

「相変わらずひとりで飲んでるなあ。どうしちゃったんだよポール？」

「そういう気分なんですよ」

今日のポールはひどく酔っていた。クレマンが踏み込んでくるとしたら今だろうかと内心身構えていると、案の定彼は意味ありげに薄く笑った。

「最近フェリクスとはつるんでないのか？　前はあんなに仲良かったのに」

「まあ……いろいろと思うところはあるんですよ」

クレマンの狙いを知るために、あえて乗ってみた。クラブで顔を合わせるとクレマンは高確率で声をかけてきた。ポールに親しみを覚えているわけではなく、目的があるに違いない。

「そうか。フェリクスは有能なやつだとは思うがなにを考えてるかわからないところがあるからな。一緒にいるとポールみたいなのは苦労しそうだ」

「はは……」

乾いた笑いがこぼれるが、クレマンは気にする様子もなく話を続けた。

「最近距離を置いているところを見ると、喧嘩でもしたか」

驚くほどに率直に切り込まれる。ポールの酒がかなり進んでいることは知っているのだろう。離れたところにいて、好機を見計らって声をかけてきたようだった。あと少し飲み続けていたら酔いつぶれていただろうから、絶妙と言わざるを得ない。なによりアルコールのまわった脳が、苛立ちを吐き出したくてうずうずしていた。

「実はちょっと悩んでいることがありまして」

「お？　なんだよ。先輩に話してみな」

在学中ほとんど交流がなかった相手に、先輩風を吹かされてもと思うが、誰でもいいから興味を持ってくれる人に聞いてほしかった。

「フェリクスのこと、なんですけどね……」

「ほう」

わかりやすくクレマンは口角を吊りあげる。当然だろう。彼はこの瞬間のためだけにポールに声をかけているのだから。

彼の家はアルベール家よりも歴史ある名家で位も高い。だが近年事業で急成長したアルベール家に経済力であっさりと追い抜かれた。

社交界にいる妙齢の女性たちにとっては、伯爵家のクレマンよりも、子爵家のフェリクスのほうが優良物件なのだ。その事実がどれほど彼の自尊心を傷つけているかは想像に難くない。

だがクレマンがフェリクスを目の敵にしている理由は、数年前のとある女性をめぐっての一件がきっかけだ。クレマンが入れあげていた某貴族令嬢が彼に見向きもせずフェリクスに熱をあげていた。

フェリクスはというと、その令嬢を歯牙にもかけなかったため、クレマンの憤りは底知れないものになったらしい。そのころからクレマンは執拗にフェリクスを陥れようと画策していたようだが、成功したためしはない。ポールを味方につけることによって、一矢報いることができればと思っているのだろう。少し考えてからポールは言葉を続けた。

「フェリクスに妹がいるのはご存じですよね」

「レティシア、だったか？　社交界にもデビューしてないよな。たしか後妻の娘だったと聞いたが」

クレマンはレティシアには興味が薄いらしく、事実程度しか把握していないようだ。

「そうです、血はつながっていないんですよ。でも、もしも……ですよ」

もったいつけているわけではないが、どこまでを話したらいいのか判断しかねてポールは言葉を濁す。クレマンは苛立つ素振りも見せずおだやかにうなずいた。彼の思う壺だとわかっていても秘密を共有したい思いが勝って、ポールは続きを紡いでしまう。

「兄妹が男女の関係だったりしたら、問題になりますよね？」

「そりゃ、戸籍上とはいえ家族だからな。この国の法律では血のつながりがなくても罪に問われる。そんなことポールも知っているだろう？」

「ですよね……」

クレマンはあっさりとうなずいてから、ややしてなにか閃いたかのように目を見張る。

「おまえっ、まさかフェリクスとその妹が？」

「声が大きいです！」

ポールは慌ててクレマンの口をふさぐ。彼はわかったわかったと身振り手振りで示すと声を潜めた。

「間違いじゃないんだろうな？　事実無根だったらこっちのほうが悪者だぞ」

「見間違いなんてことはないです。ちゃんと見たので……」

ポールの言葉にクレマンはうつむくと、口元に抑えきれない愉悦の笑みをたたえた。やはり話さないほうがよかったかと少し後悔していると、彼はすぐに元の人がよさそうな表情に戻った。

「そうか。貴重な情報をありがとよ」

「あの。くれぐれも内密にしてくださいよ？」

酒に酔っていたとはいえ話しすぎただろうか。今さらながら罪悪感に駆られていると、彼はポールの肩を軽く叩いた。

「安心しろって。おまえの悪いようにはしない。じゃあ俺はもう帰るぜ、またな」

用はすんだとばかりにクレマンはクラブを後にする。残されたポールは途方もない罪悪感に苛まれつつも、どうすることもできなかった。

＊＊＊

噂好きが集う社交界で、アルベール兄妹の不埒な関係が行きわたるのは早かった。情報の出どころがクレマンであることは疑いようがない。彼は一応約束を守ったようでポールの話題は一切出ていないが、これほど早く広がるとは思っていなかった。

「どういうことですか！」

クレマンに打ち明けて数日後に催されたダンスパーティの夜、ポールは人気のない一角に彼を呼び出して問い詰めていた。クレマンが兄妹の醜聞《しゅうぶん》を利用することはわかっていたが、心の準備ができていなかったところがある。半分八つ当たりに近い気持ちで詰め寄ると、彼は涼しい顔でかぶりを振りながら腕をあげて降参の仕草をする。

「いいじゃねえか。おまえの名前は出していない」

事実クレマンは嘘をついていない。だが噂話好きの連中も馬鹿ではない。フェリクスと親しかったポールがレティシアと逢い引きしていた現場などは街で何度か目撃されていた。ポールもなにかしら関係しているのだと、まことしやかにささやかれはじめていたのだ。

「これじゃバレたも同然ですよ……」

困惑しているポールに、クレマンは呆れたように息をつく。

「じゃあ聞くが、バレてなにが困るんだ？」

「え？」

「おまえはこの期に及んでまだ、フェリクスとお友達ごっこ続けるつもりか？」

「それは……」

ポールが言い淀んでいると、クレマンはにやりと笑って肩を叩いてくる。

「悪いがおまえのことも調べさせてもらった。事実関係の証拠が取れなければただの中傷だからな」

予想もしていなかったクレマンの言葉に、ポールは呆然となる。彼は楽しそうな顔で笑いながら続けた。

「レティシアとおまえがいい関係にあったことは調べがついている。つまりおまえはフェリクスにカムフラージュとして利用されたってことだろ」

「……っ！」

ポールは思わず呻《うめ》き声をこぼす。すさまじい屈辱だった。自分では理解しているつもりだったが、第三者から同情まじりに言われることがこんなにも心を抉るなんて知らなかったのだ。

奥歯を噛みしめるポールを見て、クレマンは声を出して笑った。

「外面のいいフェリクスのことだ。『ポールにだったら安心して妹を任せられるよ』とか言ってきたんじゃねえの。おまえがレティシアと清い交際するのを見て、裏で嘲笑してたんだぜきっと」

清い交際。一度も抱いていないことまで調べがついているなんて、これ以上の屈辱があるだろうか。

「やめてください……」

クレマンの一言一言が細かい刃となって突き刺さる。

「だからフェリクスの野郎なんて、どうなってもいいじゃねえか。俺はおまえの味方だよ、ポール。あいつと決別したって俺が守ってやる」

今さらクレマンに味方だと言われても信じられないが、フェリクスがどうなってもいいという言葉には甘く誘われそうになる。

ポールの精神が一時的にゆるんだことを、クレマンが見逃すはずがなかった。口角を吊りあげると一気に畳《たた》みかけてくる。

「社交界からあいつの居場所をなくしちまえば、おまえが居心地悪い思いをすることもないだろ。だって考えてもみろよ。エリートぶった紳士が実は義妹に手を出す変態だなんてバレたら、誰もあいつについていこうなんて思わねえよ」

クレマンの言葉にはそれなりの説得力があった。うなずいてしまいそうになりながらも迷っていると、彼はさらに続ける。

「俺には懇意にしている貴族の子息がいっぱいいる。そのなかにもフェリクスを疎ましく思ってるやつは多いから、簡単なことだよ」

たしかにフェリクスは上位の者に媚びる性格ではない。爵位など無価値だと言い放っている彼だから、必要以上に彼らに便宜《べんぎ》をはかることはなかった。

一方でクレマンは下に居丈高で上には腰が低く、世渡り上手な人間だった。どちらについたら得か答えは明確であるようだが、不安要素もある。

短くはない年月をフェリクスと親しく過ごしていたから、彼の手腕は知っている。彼が負けるだろうか。

「まっ、そういうことだ。これからも仲良くやろうぜ」

クレマンはポールの肩を叩くと、ダンスホールへと戻っていく。

渋々後をついてホールへ向かうと、偶然にもフェリクスと鉢合わせた。気まずいどころの話ではない。自分から声をかけられずにいると、彼はやさしげなほほ笑みを浮かべた。

「やあポール」

「お、おう……」

「少しいいかな。話したいことがある」

この状況下で話があると言われて、友好的なものでないことくらいは理解できる。兄妹の噂話の大元がポールであることは第三者にも知られているのだから、フェリクスにも伝わっているだろう。現にポールは先日、レティシアとの関係を問いただしている。

ポールは覚悟を決めてうなずくと、彼の後に続いて個室へ足を踏み入れた。

先に部屋に入っていたフェリクスが振り返る。表情はいつもどおりのおだやかなままで、憤りや苛立ちは感じられない。

「少し困ったことになっていてね。ポールも知っているだろ？　僕とレティの関係が面白おかしく噂されている」

突然核心を突かれて焦るが、覚悟のうえだった。ポールが無言でうなずくとフェリクスはやわらかくほほ笑んだ。

「先日ポールが僕に聞いてきたことと、関係しているのかな？　あの日も妙なことを言っていたね」

フェリクスは噂の出どころがポールであると確信しているようだった。クレマンには気の毒だが彼のことは眼中にないようだ。もうごまかしきれない。

「俺、見たんだよ」

「見た？」

「レティシアと外出した日に、忘れ物を届けにいったんだ。そのときおまえがベッドの上で……」

あの日のことは思い出したくもない。目を伏せてポールが吐き捨てると、フェリクスが笑う気配があった。

「なにを見たと言うんだ？　いつのことを言っているのか知らないが、僕がレティのベッドで添い寝をするのはよくあることだよ」

「添い寝……？」

違う。断じてそんな生易しいものではなかった。肌に直接口づけて夜着を裂いてその奥に触れていた。見間違いなどではない。

ポールが顔を上げると、フェリクスは嫣然《えんぜん》とほほ笑んだ。

「眠れないって泣きつかれることがよくあってね。あやして頬にキスをするくらいは日常的にあるが、おかしなことでもないだろう？」

「違うだろ！」

ポールは思わず叫んでいた。フェリクスは煙に巻いて逃げるつもりらしい。目論見どおりにさせてたまるかという思いが一気に膨らむ。

「違う?」

「俺は見たんだ。おまえがレティシアの服を脱がせて……」

それ以上はとても言えない。言葉とはいえレティシアを辱めることになるからだ。ポールが口をつぐんでいると、フェリクスは目を眇めて唇に笑みをたたえた。

「ほかに証言してくれる人はいるのか?」

「な、に……?」

「ポールがいくら見たと言ったところで、どれほどの人が信じるか、だよな」

フェリクスの言わんとしていることを理解する。あくまで彼はしらを切りとおすというわけだ。

「おまえ……言い逃れできると思ってるのか!」

「言い逃れもなにも、キミの言っていることは全部妄想だ。僕とレティにそんな事実はない。ひどい言いがかりだよ」

彼の表情は凛としていて、疚《やま》しいことなどひとつもないように見えた。視線はまっすぐにポールへと向けられていて、そらす様子もない。強い瞳が心に突き刺さって、ポールのほうが痛みを覚えた。

「ふざけるな……」

ポールが拳を握りしめていると、フェリクスは目を伏せてほほ笑んだ。濃いブルーグレーの瞳を縁どる長いまつ毛が、ひどく艶めいて見える。

「でも事実であれ嘘であれ、ポールがそんな噂を流すとはね。残念だよ」

「そ、それは……」

「ポールは一番の友人だと思っていた。もちろん今でも。でもキミはそうじゃなかったんだな」

なんて白々しい。この期に及んで被害者面をして、物悲しそうな表情を作れる彼の神経が理解できなかった。

「おまえ……」

「話はここまでだ。時間を取らせて悪かったな。僕も悪評が流れすぎるのは困るから、弁明しないとね」

「弁明？」

「僕とレティの噂が事実無根だってことをひとりでも多くの人に信じてもらわないと」

「そんなこと……」

慌てて噂の火を消してまわったところで、暇を持て余している人間たちの興味をかきたてるだけだろう。

ポールが口をつぐんでいると、フェリクスは美しくほほ笑んで踵《きびす》を返し、部屋から姿を消した。

フェリクスの言葉の意味を理解できたのは、数日が過ぎてからだった。

「おいおいポール！　大変だぞ」

日も落ちる前からいつものクラブで飲んでいると、苛立ちを隠そうともしないクレマンが近くのソファに無遠慮に腰を下ろしてきた。

「なんですか？」

ここ数日は仕事が忙しくて、ポールは一切社交場へ赴いていなかった。仕事場と家の往復ばかりで、今日ようやく一息つきにクラブへ足を運んだのだが、早々にクレマンと会うとはついていない。

「フェリクスに、なに余計なこと言ったんだよ」

開口一番、不吉な名を出されて心臓が縮こまる。クレマンは憤慨した面持ちで続けた。

「今社交界連中の間でおまえがなんて言われてるか知ってるか？　ポールはレティシアに熱心に言い寄るも軽くあしらわれた。彼女への逆恨みでアルベール兄妹を陥れようと破廉《はれん》恥《ち》な噂を流した。クレマンは利用された哀れなピエロだと」

「なっ……？」

あまりの展開にポールがワインを噴き出しそうになっていると、クレマンは眉を吊りあげて拳をテーブルに叩きつけた。

「実際おまえとレティシアが馬車でデートしてるのは、大勢の人間が目撃してるからな。フェリクスたちの関係よりも信憑性があるってことだ」

「ちょっとまさか先輩、フェリクスを信じるつもりですか？　彼のほうがでたらめですよ！」

ポールが食ってかかるとクレマンは、忌々しげに舌打ちした。

「あ？　俺がフェリクスなんて信じるわけねえだろ。でも問題はまわりがどちらを信じるか、だよ」

「そんな……」

先日フェリクスから言われたことを、そのままクレマンに言われポールが呆然としていると、彼も憤然とした面持ちで続けた。

「もちろんフェリクスの黒い噂に興味津々のやつらもいる。でも今まで特に醜聞もなく、敵にまわすと厄介なフェリクスに対して、かたや俺とおまえ、二重の醜態《しゅうたい》。ヒマなやつらがどちらに食いつくか……。フェリクスがそこまで計算しておまえの噂を流したのだとすれば、ムカつく野郎だ！」

悔しくて仕方ないといった様子のクレマンを、ポールは冷静な目で見ていた。妙に凪いだ心の奥で、これでもうフェリクスとの関係は修復不可能だと悟る。

「……先輩、いろいろとご迷惑おかけして申し訳ありません。俺は行くところがあるので、失礼します」

ソファから立ちあがりクラブを出ると、ポールは馬車へ乗り込んだ。行き先はもちろん薔薇屋敷だ。

兄妹の情交を見せつけられてから、あえて避けていた場所だったが、短い間ながらもレティシアに抱いていた想いにけじめをつけたかった。


門衛に通されて屋敷へあがると、最初に姿を現したのはレティシアだった。

「ポール」

一目見てわかった。彼女はポールへの拒絶の意思を隠しもせず、黒目がちの瞳にはっきりと嫌悪感をたたえていた。冗談で揶揄しあうことはあったけれど、ここまで強い反感を向けられたことはなかった。

今さらではあるが、レティシアとの関係も完全に崩れたのだと知る。兄妹が睦みあっていた時点でわかっていたはずだ。なにを期待していたのだろう。どこまでも道化である自分が愚かで惨めで可哀想ですらあった。

「レティシア。久しぶりだな」

精一杯の親しみを込めて挨拶するが、彼女はますます眉を吊りあげる。

「知り合いから聞いたわ。あなたがわたしとフェリクスの噂を流したって」

弁明の余地はない。たとえ義兄と肉体関係があろうとも、レティシアを傷つけたことに変わりはないのだから。

「ああ」

ポールがうなずくとレティシアは大きな瞳を見開いて絶句した。否定してほしかったのだろうか。フェリクスのようにほほ笑みながら嘘をつけたら、彼女の心をひとかけらでも手にすることができたのか。今考えたところで、闇に葬られたものを手繰《たぐ》り寄せる術などないけれど。

「どうして……」

レティシアの双眸が揺らぐ。ポールは、まるで汚いものを見るような目を向けてくる彼女の視線に耐えきれず目をそらした。

「どうして？　おまえがそれを言うのか」

「え……」

「俺はレティシアのことを好きだと言った。その言葉に嘘はなかったよ。でもその気がないならハッキリ断ってほしかった。中途半端に気を持たせるような真似して、フェリクスと関係していて、俺を裏切っていたなんて……最低じゃないか」

彼女が口をつぐむ。もともと白い顔から血の気が失せると、石膏のように体温を感じさせない色みとなった。

「ポール……」

「なんで、そんなことができるんだよ……俺には信じられねえ」

レティシアはなにも言わなかった。固まって身じろぎひとつしない彼女の背後にあった扉が開くと、フェリクスが姿を現した。

「ポール、来てたのか」

彼はふわりと白い花がほころぶような微笑をたたえた。

以前と変わらない笑顔を向けられて、ポールは得体の知れない薄気味悪さを感じた。

レティシアの手前とか、そういったものではない。フェリクスはごく自然に、互いに中傷ともいえる噂を流しあった相手に対しても、このような笑みを平然と向けることができるのだ。

もう、彼のなにを信じたらいいのかわからない。こんな男と幼いころから十年以上も親交を深めていた自分が一番信じられなかった。

「レティ。少し外すよ、いいかい」

「え、ええ……」

「ポール行こう。話があって来たのだろう?」

フェリクスの後を追い、ポールは素直に応接室を出る。階段をのぼって連れて行かれたのは二階の一室だった。バルコニーへと続く扉を目で追いながら、先日フェリクスと交わした会話を思い出す。

彼はポールの屋敷にある広々としたバルコニーを羨ましいと言っていたが、兄妹ふたりで住まうならば、この規模でも十分だと感じた。

外は間もなく夕闇が迫る頃合いだが、今は外の空気にあたっていたほうが心地よさそうだ。なによりフェリクスと密室にいたくなかった。

「外へ出ないか」

ポールがバルコニーへと続く扉に視線を送ると、フェリクスはおだやかにほほ笑んでうなずいた。

扉が開かれる。日中よりも冷たくなった風が頬をなでると、頭にこもった熱も連れ去ってくれるような気がした。

白い手すりに切り取られた空間は薔薇で埋め尽くされていた。この屋敷はフェリクスが一から設計士に依頼して建てたと聞いたことがある。本邸といい別邸といい、レティシアはどこでも薔薇に囲まれている。さながら薔薇に搦め捕られた哀れな姫君といったところか。自嘲気味に心のなかでつぶやくと、ポールはフェリクスに向きなおった。

「やられたよ。俺の負けだ」

「なんのことかな」

フェリクスは相変わらず表情を崩さない。彼の仮面が剝がれたところを見てみたいが、自分の力量では届かないだろうとも感じていた。彼が心を動かす事柄は、きっとそう多くはない。

「俺を哀れな恋愛の敗者にして、満足だったか？」

降参する仕草を取ってみせても彼は張りつけた笑顔を向けてくるだけだ。思えば昔から彼は、ほとんど表情を変えることがなかった。

友人だと思っていたが、フェリクスにとってポールは本音を見せるに値する人間ではなかった、ということだ。苛立たしさを通り越して悲しくなる。

「レティシアまで巻き込んだことは悪かったと思ってるよ。でも俺は今でもおまえたち兄妹が無実だったとは思わない。俺を欺《あざむ》いて陰で笑って裏切って、あげく負け犬のレッテルを貼って社交界の笑いものにして満足か」

「そのことについて、僕から言えることはなにもないよ」

最後までフェリクスはフェリクスだった。

ポールがレティシアに恋慕の情を持っていたことはたしかだが、そこに至るまでの過程はフェリクスのお膳立てがあってのものだった。ポールは彼に会いたくて屋敷に通っていた。友人として大切で、一緒にいる時間はかけがえのないものだった。

フェリクスにとって自分はなんだったのだろう。頭のなかでは答えが出ているのに、心が拒む。

『おまえはフェリクスにカムフラージュとして利用されたってことだろ』

クレマンの言葉が頭によみがえる。

瞬間、抑えきれない激情が芽生えて、握りしめた拳を力任せに振りあげていた。

妹との関係、無害な男。フェリクスにとってポールはたまたま近くにいて都合のいい存在だった。

空気を切る音の直後、フェリクスの頬をポールの拳がとらえた。彼は尻もちこそつきはしなかったが、バランスを崩してよろけた。

彼も背は高いが、ポールに比べれば全体的に線が細い。どちらの筋力が上か知っていたため、いかなるときにも手をあげることはなかった。フェリクスも避けようと思えば避けられたはずだ。あえて受けたことは伝わってくる。

彼の唇の端が赤く汚れた。しかし顔を上げたフェリクスは先ほどと表情を変えることなくほほ笑んでいて、いよいよポールは戦慄を抑えきれなくなる。

「なんとか言えよ、フェリクス……！」

手加減せず打ちつけたため相当な打撃だったようで、彼の端整な顔には赤黒い痕《あと》が浮かびあがっていた。それでも容貌が損なわれないのは、フェリクスが本物の美形だからだろうか。場違いなことを考えていると、彼はふと笑った。

今までとはどこか違う笑みにポールが眉をひそめていると、フェリクスは唇を曲げる。

「ポール、キミは実に愚かだな」

「なに……？」

「キミの立ち位置は正直、僕にとって羨ましいものだった。僕だったらもっとうまくやっていただろう。みすみす指を咥えているだけでなにもしなかったキミはまったく愚かだ」

「なにを言ってるんだ」

仮にフェリクスがレティシアとの関係に悩んでいたとしよう。赤の他人という立場のポールが羨ましかったとして、人はひとつの目的だけに進めるようには作られていない。レティシアを得ることだけのために生きるのは不可能だ。

結果ポールは恋を手放すことになったわけだが、フェリクスにだけは嘲笑されたくなかった。

怒りが抑えられないポールは、フェリクスの胸倉をつかみながら全身を戦慄《わなな》かせた。必要ならばもう二、三発拳を叩きつけるつもりだ。殴ったところでなにかが変わるわけではないが、感情の行き場がない。

彼の襟《えり》ぐりをつかんだままバルコニーの手すりにまで追い詰める。裏切って笑っていたくせにこの期に及んでまだポールを愚弄《ぐろう》する彼を許せそうになかった。

「満足だったか、フェリクス。おまえの筋書きどおりに動く俺を見て楽しかったか！　レティシアと一緒に笑ってたのかよ！」

力任せに首元をつかまれているフェリクスは、苦しくないはずがないのに、許しを請うこともせず不敵な目を向けてくる。

「被害妄想だよ、ポール」

彼は唇の端を吊りあげて嗤った。

思えばこのときが、はじめてフェリクスが本性の片鱗を見せたときだったのかもしれない。血のにじんだ白い歯に言い知れぬ恐怖を覚えて、冷静な思考が保てなくなったポールは腕を放すと、力任せにフェリクスを再び殴りつけ、手すりに押しつける。

するとポールの耳に、なにかが軋むような音が聞こえた。明らかに不穏な音に動けずにいると、フェリクスの体を支えていた背後の手すりの根元がヒビを作っているのが見えた。

直後、ふたり分の体重に耐えられなくなった手すりは、ポールの眼前で崩れて落ちていく。

目を瞬くよりも短い一瞬のできごとだった。

強く閉ざした視界の向こうで轟音が響く。

「ってえ……」

全身をしたたかに打ちつけて頭に触れると、手のひらに血が付着していた。あちこち痛むけれど大けがはしていなさそうだ。フェリクスとポールはともにバルコニーから落下して、階下に叩きつけられたようだった。

「おい、フェリクス大丈夫か……」

額の血を拭いながら体を起こすと、ポールの下敷きになったと思われるフェリクスが目を閉じて横たわっていた。頭や頬、体にはいたるところに切り傷があり、意識がないようだった。

「おい……」

「フェリクス!」

再度声をかけようとしたとき、宵闇をつんざく悲鳴がポールの声と重なった。レティシアが、サンルームのある方向からドレスのスカートを手でたくしあげ駆けつけてくる。

やがてフェリクスのそばまで来ると、嗚咽《おえつ》にも似た声を震わせながらフェリクスの傍らに跪いた。

「フェリクス！　フェリクス！　どうしてこんなことに……」

異変に気づいた使用人たちが慌てて駆けつけ、ある者はどこかへ連絡している。フェリクスはすぐさま屋敷内へ運ばれて、レティシアが追いかけて姿を消すまでの一部始終を、ポールは呆然と佇みながら見つめていることしかできなかった。

第五章

ポールがアルベール兄妹の禁断の関係を噂として広めた、と知ったときは動揺した。信じられなかったし嘘だと思いたかった。

それでもポールが屋敷を訪ねてきたときは思わず名前を呼んでいた。かける言葉をあらかじめ考えていたわけではない。ただ姿を見たら、声が聞きたくなったのだ。

話しているうちに誤解が解けて、以前のように笑って向き合えるかもしれない。どこかでまだ期待する気持ちがあったのだ。だから噂を流したことを肯定されたときには怒りが込みあげたし、彼から向けられた言葉は的確にレティシアの心を抉った。

『俺はレティシアのことを好きだと言った』

『なんで、そんなことができるんだよ……俺には信じられねえ』

自分たち兄妹の関係が褒められたものでないことは知っていた。見苦しく弁明したくなかったからポールには言い逃れの言葉を向けなかった。

世間の道徳に則って考えれば、レティシアのほうに非がある。無知だったから、というのは言い訳にもならないし、フェリクスを受け入れることも自分で決めた。

なにも言えずにいると、しばらくして応接間にフェリクスが現れて、ふたりは話し合いのため部屋を後にした。取り残されたレティシアは、尖った気持ちを抑えるため、落ち着ける場所を目指して部屋を出た。

日中憩《いこ》いの場として使っているサンルームも、夕暮れどきになり肌寒さを感じたが、部屋へ戻る気分ではなかった。椅子に座って紅茶を飲みながら、意味もなくティーカップをいじる。

ポールに兄妹の禁断の関係を知られてしまった事実に、なぜか気持ちが軽くなっていた。ポールと親しく過ごしながらフェリクスに肌をさらしていたことに、心のどこかで罪悪感を覚えていたのかもしれない。これでよかったのだ。そう自分に言い聞かせて、サンルームでひとり、彼らの話が終わるのを待つことにした。

異変を感じたのは、先ほどまで西の空に浮かんでいた夕陽が消えて、頭上を濃紺が覆い尽くすころだった。

視線を上げると、サンルームから見える二階のバルコニーに、フェリクスとポールの姿を見つけた。激しく言い争っているような雰囲気を感じて目を凝らすと、ポールが突然フェリクスを殴りつけた。いったいなにが起きたのだろう。

レティシアは慌てて立ちあがると、サンルームから庭へ飛び出した。なおも鋭い剣幕で責めたてているポールの様子が視界に入る。

ポールは、バルコニーの手すりにフェリクスを押しつけるようにのしかかっていて、なおも言い争いを続けていた。木製の手すりは成人男性ふたりの重さに耐えられるようにはできていない。次の瞬間、レティシアは息を呑んだ。

「フェリクス……！」

バルコニーの手すりごと、揉みあったままのふたりが落下したのだ。二階と言っても下は石畳で、途中には衝撃をやわらげるものもない。信じられない気持ちで駆け寄ったレティシアが見たのは、額から血を流すフェリクスの姿だった。彼の目は閉じられていて、身じろぎさえする様子はない。

サンルームでレティシアのそばについていた使用人が、慌ただしく使いの者を呼びにいった。

「フェリクス……ああ、どうして……」

屋敷のほうが騒がしい。傍らには呆然と佇むポールの気配もあったが、レティシアの視界に映るのは血の気を失ったフェリクスの顔だけだった。

膝をつき、震える手を伸ばして兄の頬をなでる。いつの間にレティシアの指に血液が付着したのか、フェリクスの白い頬に赤い線が走った。こんな状況だというのに彼の顔に見入ってしまう。目を閉じて動かないフェリクスは、そこかしこに傷をこしらえてもなお精《せい》緻《ち》を極めた彫像のようだった。美しさだけを追い求めて作られたそれは、息をしていなくても違和感がない。

　一瞬よぎった恐ろしい考えを、かぶりを振って払う。やがて男性の使用人たちが何人か到着して、フェリクスを屋敷のなかへ運んでいく。レティシアもすぐに後を追った。


「どうしてこんなことに……」

　レティシアはフェリクスの部屋の前でポールに詰め寄っていた。先ほど医者が到着して、フェリクスは診察中だ。看護婦の慌ただしい様子を見ていると、予断を許さない状況なのだとわかる。

「なんでこんなひどいことを？」

　バルコニーでどんな会話がされていたのかレティシアにはわからない。ポールがあんな行動に出たことにも理由があるはずだとわかっていても、意識を失い治療を受けているフェリクスを思うと黙っていられなかった。

「すまない。自分でも弁解の余地はないと思うよ」

　ポール自身も落下時に体を打ちつけていたようで、頭部に包帯を巻いていた。怪我をしている彼をこれ以上責めることはできずに口をつぐむ。もともとレティシアにはポールを責める資格などないのだ。

　互いが口を閉ざしたまま、ときが過ぎていく。閉ざされた扉の向こう側が心配で、いてもたってもいられなかった。医者が駆けつけてから結構な時間が経っている。フェリクスに万一のことがあったらどうしよう。医者は、命を落とす可能性は低いと言っていたが、重傷であることにかわりはない。

静寂と、時折生まれる喧騒は、かつて本邸で母の病状が悪化したときのことを思い出させた。レティシアは祈りながら廊下の椅子に座りただ待っていた。

あのときレティシアを支えてくれていたポールはもういないも同然なのだ。自分で手放し、裏切って傷つけた。その報いがフェリクスに跳ね返ってきたというのか。

「レティシア」

ふいに声をかけられ、腰を下ろしたまま顔を上げると、ポールがレティシアを見下ろしていた。

「俺は今から自分の家に戻って、必要なものを持ってくる。すぐに戻ってくるからフェリクスについていてやってくれ」

協力的なことを言われても心は晴れない。彼に言われなくても兄についているつもりだ。レティシアが目を伏せてうなずくと、ポールは息をついてつけ加えた。

「その後きちんと、俺がしたことのケジメはつける。フェリクスの目が覚めたら話し合って決めるつもりだ」

なにも言えなかった。レティシアがうつむいたままでいると、ポールもそれ以上言葉をかけてくることはなく、静かに立ち去った。

それからどれほどの時間が経過しただろうか。廊下は寒くて音もなく、先は暗がりになっていた。黒い感情が心を侵食していくような感覚に囚われる。曲がり角の向こう側に無数の闇が蠢いているような錯覚さえ抱く。

だがフェリクスがいる部屋の前から移動する気にはなれなかった。ソファに座って目を閉じることくらいしかできないが、一向に眠りは訪れない。

「……レティシア」

静寂のなか、さらに長い時間をひとりきりで過ごしていると、ふいに名前を呼ばれた。目を開けると廊下側の窓からかすかな光が差し込んでいて、夜明けが間近であることを示していた。ソファの傍らに立っていたポールが、レティシアの顔を心配そうに覗きこんでいる。

「レティシア、大丈夫か。寝てないのか？」

「平気……。フェリクスは？」

「まだなにも……」

暗い思考に囚われて、ポールが戻ってきたことにも朝が来ていたことにも気づかなかったようだ。

「そう、よね……」

嘆息して手のひらで顔を覆う。フェリクスがいなくなったら自分は生きていけない。なにを思ったらいいのかわからず口をつぐんでいると、部屋から壮年の医師が現れ、ほほ笑んだ。

「先生、あの……兄は？」

レティシアは思わず立ちあがり、震える声で問いかける。

「もう大丈夫ですよ。命に別状はありません。後は意識が戻るのを待ちましょう」

「兄に会えますか……？」

レティシアが食い下がると、医師はおだやかな表情のままかぶりを振った。

「もう少しそっとしておいてあげてください」

「そう、ですか……」

全身の力が抜けて、ソファに倒れ込んでしまいそうだったが、なんとかこらえて姿勢を保つ。ポールは医師にさらに細かく質問しているようだった。難しいことはわからないが容態が安定していることに間違いはないらしい。ポールとの話を終えると、医師は再び扉の向こうへと戻っていった。

「大丈夫だとさ。あまりこっちが気張っても仕方ない。むしろ意識が戻った後のほうが忙しくなるから、レティシアも今のうちにきちんとベッドで眠っておいたほうがいい」

「そうね……」

レティシアはうなずくと、侍女ひとりを従えて自室へと戻った。最近は、自分で身のまわりの雑用を徐々にこなすようになっていたが、疲れている今は億劫だった。夜着に着替えるとホットミルクを用意してもらってベッドへ横たわる。ほどなくして眠りが訪れた。

次に目を覚ましたとき、屋敷内にフェリクスの姿はなかった。レティシアはすばやく着替えて兄の部屋へ向かったが、すでに王都にある病院へ向かった後だったのだ。看護婦の話によると、意識が戻った後で急遽行くことになったらしい。

「王都の病院って、なにか問題があったの?」

外傷の処置はすんでいる。目が覚めて問題がなければ屋敷内で経過を見守るはずだ。フェリクスが向かったらしい病院は、王都でも一番大きな病院だった。充実した設備のある病院へ連れていかれるには理由があるとしか思えないのだが、世間知らずなレティシアにできる想像は限られている。

ポールも一旦帰ってしまっているようで姿がない。不安で押しつぶされそうになっていると、馬車の到着する音がした。使用人たちが慌ただしく出ていく様子を見て、フェリクスが帰ってきたのだと悟る。

不安と焦燥を抱えたまま階段を駆け下りる。馬車から降りてきたフェリクスは、傍らに医者と男性の使用人を従えて部屋へ向かって、廊下を歩いていた。

「フェリクス!」

声をかけると、彼は顔を上げた。

「レティ、ただいま」

「フェリクス……」

彼の名を繰り返す。無事だったのだ。きちんとレティシアの声を聞いて返事もしてくれる。以前となにも変わりない。涙が込みあげてくるのを感じて必死でこらえた。泣いてはいけない。フェリクスが困ってしまうだろうから。自身に言い聞かせて耐えていると、ふいに異変を感じた。

フェリクスがレティシアの目を見ようとしないのだ。

いつものような笑顔も向けてくれない。なぜ。

レティシアの胸中に苦いものが込みあげるのと同時に、フェリクスは従者に向かって口を開いた。

「部屋へ戻る」

使用人は彼の手を取ると、部屋のなかへ導いていく。レティシアが一歩も動けないでいると扉は無情にも閉ざされた。廊下にひとり取り残されて呆然とするしかなかった。

なぜフェリクスは、抱きしめてくれないのか。いつものように髪をなでてくれないのか。

それからどれほど長い時間、部屋の前に佇んでいただろう。張りつめていた糸が切れて、膝から力の抜けたレティシアは、ソファに座り込んでうなだれる。昨夜とは種類の違う焦燥感を抱いていると、ふいにフェリクスの部屋の扉が静かに開かれた。現れたのは医師だった。

「先生、フェリクスは……」

兄の体になにかあったのだろうか。不安に押しつぶされそうになっていたレティシアに、医師は告げた。フェリクスの身に降りかかった、想像をはるかに超えた悲痛な事実を。

「落ち着いて聞いてほしい。あなたのお兄さんは……」

医師の紡ぐ言葉はたしかに耳に届いているのに、脳が意味を理解しない。彼の唇が動くのを、意味を持たない映像としてとらえていた。

色彩を持った景色にヒビが入る。小さなほころびはやがてすべてを覆い尽くし、色づいたものが粉々に崩れ去っていく。後に残るは暗闇のみ。これがフェリクスの世界だというのか。

彼は事故の後遺症で視力を失ったのだ。

レティシアは茫然と、なにもない空間を見つめていた。

＊＊＊

それから半月が過ぎて、仮初めの日常が戻ってきた。本当はもう、以前のような生活が戻ってこないことはわかっている。でもレティシアが今できる精一杯のことをするしかない。気を抜くと涙が出そうになるから必死でこらえる。

扉の前で深呼吸をしてから、フェリクスの部屋の扉を叩いた。

「フェリクス、わたしよ」

「どうぞ」

以前と変わらないやわらかな声は、一瞬レティシアから現実を奪う。扉を開くと、フェリクスは机に向かってタイプライターに触れていた。

こういう状況になってまで仕事をするのかと驚くが、だからこそ以前と変わらないことをしたいのかもしれない、とも思う。彼の心情は彼にしかわからないのだ。

今日も彼と視線が絡むことはない。伏せられたままの目を見つめているだけで、胸のあたりが痛みを伴い疼きはじめる。

「レティ」

「なあに？」

彼に背を向けて窓際の花瓶に薔薇を飾る。部屋の主に見えないものを生けて、なんの意味があるだろうと思いつつも、最近は毎日こうしていた。

「キミの行き先のことなんだけどね」

「え？」

一瞬フェリクスがなにを言ったのかわからなかった。振り返ると、彼は相変わらず、以前のようなほほ笑みをたたえている。彼は光を失ってもなお美しい。なぜそんなふうに笑えるのか。息を呑んで唇を結ぶレティシアに彼は続けた。

「アルベール家の遠い親戚で、信頼できる父方の家系だ。十分なお礼はするし、絶対レティに不便な思いはさせない。来月にでも挨拶を……」

「フェリクス！　どうして？」

　レティシアは彼の肩をつかみ揺さぶった。さらりと長い前髪が横に揺れて、以前と変わりない青灰色の双眸があらわになる。この瞳が光を映していないなんて信じられない。だがレティシアは先日、医師が訪れたときに検査の場に居合わせた。

　常人なら目が眩むほどの光を瞳に当てられても、フェリクスは瞬きひとつすることなく虚空に視線を固定していた。

　バルコニーから落下して頭を打ちつけたときに視神経を傷つけてしまったのだろう、と医師は話した。フェリクスのような状態から視力が戻った事例はほとんどないらしい。

「レティ。キミを他人に預けるなんて僕も不本意だよ。でも僕はもうキミの近くにいてもなにもできない。せいぜいタイプライターを叩いて書類を作るくらいしかできない、と思っていたんだが、今試してみたら、ひとりでは、それさえ難しそうだ。なにせ作った書類を確認できないんだからね」

　フェリクスは淡々と話す。ふいに口元からほほ笑みが消えた。滅多に微笑を欠くことのない彼の無表情に、どれほどの感情が込められているのか、レティシアには推し量ることができなかった。

「書斎へ来るにも人の手がいる。仕事に取りかかるまでの段取りも以前とは違いすぎる。こんな状態の僕がレティと暮らしていても、意味がないだろう」

　意味がないとはどういうことか。

レティシアはフェリクスのそばにいて、少しでも力になれたらと思っているのに、そんな気持ちもフェリクスにとっては無意味だというのか。

彼の瞳には、誰をも惹きつける強い光はもう宿っていない。どうしてこんなことになってしまったのだろう。

「いやよ」

思わず拒絶の言葉が口をついて出た。レティシアの望みはひとつだけなのだ。

「レティ」

「よそへ預けられるなんて嫌。わたしはこのお屋敷でフェリクスと過ごすの」

「それは無理なんだよ」

フェリクスの言葉を聞きたくなくて、レティシアは畳みかけるように続けた。

「わかった。じゃあ試してみて」

「試す？　今の僕になにか試せることがあるかな」

フェリクスの口調はあくまで淡々としていた。視力を失って日が浅いというのに、彼はなぜ冷静でいられるのだろうか。レティシアが同じ立場になったら、泣き叫んで手当たり次第に物を投げつけていただろう。

けれど彼の投げやりな態度からは、静かな絶望も伝わってくる。痛みを想像することしかできない自分が情けなくて苦しかった。

「わたしがフェリクスの目になる」

彼の目が見えなくなったと聞いた日から考えていたことだった。フェリクスは反対するだろうけれど、今は説得することが第一だ。

「フェリクスの仕事のこと、わたしが補佐できるようになるから。日常生活でも使用人がいないときにはいつでもわたしが手を貸すわ」

「レティにそこまでさせられないよ。お願いだから余計な苦労を背負いこまないで。僕ならひとりでもなんとかなるよ。使用人の数を増やして仕事を減らせばいい」

淡々と語りながら、フェリクスは視線を虚空に漂わせた。レティシアの言いたいことの半分も彼には届いていないようだった。どうすれば伝わるのだろう。よもや憐れみから手を貸すと言っているとでも思っているのだろうか。あいにくレティシアはそこまで慈愛精神に満ちてはいない。

「フェリクス」

自分でも驚くくらいに静かな声が出た。

なにを言ってもわかってもらえないのならば、今まで言えなかった本音をさらけ出すしかない。それでも届かなければ諦めるしかないのかもしれない。フェリクスがレティシアを必要としないのに、すがりついたところで彼の負担になるだけだ。

「わたしにとっては、フェリクスがすべてなのよ」

彼は唇を結んでいる。折れそうな気持ちを奮い立たせてレティシアは続けた。

「物心ついたときからずっと一緒にいたわ。人とのつながりが希薄だったわたしにとって、フェリクスは唯一の家族で、親友で……」

恋人だった。言葉が詰まったのは言いにくかったからではない。込みあげる涙を抑えるには唇を噛むしかなかったのだ。

ぼやけた視界が少しずつはっきりしていくのを感じてから、ゆっくりと息をついた。

「ひとりにしないで……捨てないで」

捨てないで。

フェリクスの瞳が光をとらえていたころから、幾度となく胸のなかで繰り返した願いだった。

彼が外出するたび、行き先が知れないたびに原因不明の苛立ちに苦しめられた。侯爵令嬢と懇意にしていると知って、黒い感情が湧きあがった。嫉妬だ。

いつかフェリクスはしかるべき家柄の令嬢と結婚する。そのときが来て自分が取り残されて、見捨てられるのが怖かった。今の関係は永遠ではない。将来的には双方が結婚して疎遠になるだろう。実の兄妹でもそうなのに、自分たちには血のつながりがないのだ。フェリクスの気分次第でいつでも関係は終わってしまう。脆く不安定なつながりでしかないことが怖かった。

「わたしをそばに置いて……お願い」

フェリクスの手を握りしめる。力の限り、彼の手首に爪が刺さっているのに気づいても放せずにいると、ふと彼がほほ笑む気配があった。どこか力のない表情はレティシアを不安にさせる。

「ありがとう。レティ」

承諾とも取れる言葉に、一瞬レティシアのなかに希望の灯がともるが、続けられた言葉に打ち砕かれた。

「でももう、僕はきっとキミの思っている僕ではいられない。だから嫌われる前に離れたいんだ」

「そんな……」

レティシアが言葉を返せずにいると、フェリクスは微笑を完全に消して目を伏せた。

「僕はキミの足枷になりたくない」

「足枷だなんて……！」

そんなことは思ったこともない。あまりにひどい言いぐさにレティシアは呆然とした。

兄は自嘲気味にほほ笑む。

「本当はポールに会いにいきたいんだろう？　僕に遠慮せず行くといい」

「フェリクス……？」

なにを言っているのだろう。兄の言葉の意味が理解できずにいると彼は目を伏せたまま続けた。

「キミがポールと交際していたのは知っている。僕が昔レティを連れていった薔薇の迷路にあいつと行くほどだからね」

「違うわ！　それは誤解なの！」

やはりフェリクスはあの一件を誤解していた。けれどレティシアのなかでは解決したことだと思っていた。あの日強引に兄に純潔を奪われたが、そもそも抵抗するつもりはなかった。フェリクスを受け入れたことで気持ちが伝わったと思っていたが、違ったのだろうか。

「今の僕よりポールのほうがレティを幸せにできるだろう。一緒にいろいろなものを見て楽しんで、感動して、景色をわかち合うこともできる。でも僕にはなにもできない」

違う。レティシアにとって視力の有無より大切なことがある。だが自分の拙い言葉でどう伝えていいのかわからない。

もどかしくて唇を噛んでいると、フェリクスが静かに告げた。

「ごめん。悪いけど、少しひとりにしてくれるかな」

こう言われてしまえば、食い下がることはできない。

レティシアは納得できないと思いながらも引き下がり、フェリクスと使用人だけを残して書斎を後にした。その後自室へ戻ってもサンルームへ出ても、膨れあがっていく焦燥感を抑えることができなかった。

結局、ポールと過ごした時間はなんだったのだろう。フェリクスが侯爵令嬢とうまくいくように、身を引いて禁断の関係から逃れようとしたはずだった。

「ううん、違う」

兄のためではない。自分自身が傷つきたくなかったからだ。フェリクスを求めて拒絶されて、世間からも侯爵令嬢からも蔑みの目を向けられ、あげく、最愛の兄から捨てられるのが怖かったから、安全な場所へ身を寄せようとしただけだ。

結果、レティシアはフェリクスに疑いを持たせてしまった。彼にもう一度信じてもらうにはどうしたらいいのか。彼から与えられるものをひたすら受け入れ、体をつなげるだけでは足りなかったのだ。

いつまでも『してもらうだけ』『かわいがられるだけ』のお姫様でいたくない。フェリクスがどう考えていようと、レティシアは自分の意思で動かなければ。たとえ兄が妹から遠ざかろうとしても許さない。

自分の立場を最大限利用して兄をとどめるのだ。そのためには今までの受け身な自分では無理だ。変わらなければ。

レティシアの黒い双眸に小さな決意の火が灯った。

＊＊＊

フェリクスの視力が失われたと聞いて、ポールは目の前が真っ暗になった。全身から嫌な汗が流れて体温が奪われ、芯から冷えて凍りついてしまうのではないかと本気で思ったくらいだ。

見舞いに赴くと、意外にもフェリクスはポールを通してくれた。門前払いされることも予想していただけに安堵するが、会うからにはなにを言われてもされても文句は言えない。覚悟を決めて部屋へ足を踏み入れると、フェリクスは目を伏せて、どこでもないところへ視点を定めていた。

そこには、かつての吸いこまれそうな強い目をした彼はいなかった。嘘のようだ。本当に彼の瞳から光が失われたなんて信じたくはなかった。

「フェリクス……」

「ポールか」

「おまえ、目……本当に見えないのか」

最初にかける言葉としては、あまりにお粗末だった。だが頭が混乱しているなかでふさわしい台詞を探っている余裕はなかった。フェリクスは顔にほころびを含ませないまま、鼻にかかった笑い声をこぼした。

「それさえも信じられないのか」

「いや、そういうことを言ってるんじゃなくて……」

慌てて訂正しようとするも、フェリクスはポールの言葉に耳を傾けてはいなかった。すぐさま表情を変えたかと思うと、苦々しい失笑に近いものが浮かんでいる。

「医者に聞いてみたらどうだ？　なんならキミ立ち会いのもとで再検査を受けてみようか。そうすれば、そんなふざけたこと二度と言えなくなるよ。僕にとっても嘘だったらどんなによかったことか」

「悪い。そういうつもりで言ったんじゃないんだ」

即座に謝罪すると、フェリクスは冷笑をこぼした。

「僕がキミにしたことを考えれば当然、か」

「え……？」

「恨んでいるんだろう？　僕がキミをカムフラージュに使ったこと」

「認めるのか……」

あれほど問い詰めても、笑顔を纏ってかわし続けていたのに。信じられない思いでいると、フェリクスは唇を噛んで目を伏せた。これほど表情が移り変わる彼を見るのははじめてだった。不謹慎であるのは承知のうえで、こんな顔を女性が見たら惚けるのだろう、と思う。

「ああ。もう今となってはどうでもいい。僕がしてきたことはなんの意味もなくなってしまったからな」

「フェリクス……」

ブルーグレーの瞳にはなにも浮かんでいないが、表情や口調からは行き場のない怒りと無念がにじみ出ていた。

「僕はもうレティと一緒にはいられない」

「なんだって」

フェリクスは苛立たしげに奥歯を噛みしめながら吐き捨てた。その表情はこれまで見たことがないものだった。

「わかるかポール。僕はもうなにも見えない。レティの顔も、なにも。その意味がキミにわかるか」

ポールは言葉を返せなかった。なにを言ってもフェリクスを傷つけて追い詰めてしまうだけのような気がした。

ポールが口をつぐんでいると彼も唇を結ぶ。束の間の静寂が室内を覆った。

やがて沈黙に耐えられなくなったポールが唇を解いた。フェリクスを見舞いに来たのは謝罪のためだ。彼には見えていなくても頭を下げる必要があった。

「俺のせいだ……」

「本当にすまない！　このとおりだ！」

「やめろ」

以前の温厚な彼からは想像もつかないくらい冷たい口調だった。反射的に顔を上げると彼の瞳は以前よりも昏いブルーグレーをたたえている。

「フェリクス……」

「キミに謝ってもらったところで、頭を下げられたところで、なにも変わらない。自分の罪悪感を軽くしたいから、自己満足で謝罪しているだけなんだろう？」

彼の言葉は図星すぎて、ポールの返答を奪う。

「ポールが言いたいことはわかるよ。訴えるなら逃げも隠れもしないと言いたいのだろう。だが僕はなにをする気もない。安心して明日から今までどおりの生活をしたらいい」

「なぜだ……？」

彼の言うとおり、ここを訪れた目的は、謝罪以外にも社会的制裁を受ける意味合いもあった。フェリクスと話し合って決めて、自分なりのケジメをつけるつもりだった。よもや彼が、訴える気もないとは考えもしなかった。

「キミを告発したところで僕に利はないし、目が治るわけでもない。仮にもキミは長年僕の友人だった存在だから、くだらない憎悪に囚われたくはないんだ。もうここへは来るな。頼むから……」

最後の声はかすれていて、懇願に聞こえた。ポールは今さらながら、自分が取り返しのつかないことをしてしまったと知る。超人的な彼ならば、このような障害は問題にしていないだろうとどこかで思っていたのかもしれない。そんな自分に嫌気がさした。

「フェリクス……なんで、なんでだよ……！」

かつての友人を抱きしめる。あれほど圧倒的で、畏怖さえ感じていたはずの男は光を失って、全身から放たれていた光も消えてしまった。そうさせたのはほかでもない、ポール自身だ。詫びるだけで償えるはずがない。

「レティを頼む」

静かな声だった。先ほどまでの激昂している様子は微塵もなく、ぽつりと落とされた。

「え……？」

「レティは親戚に預けるつもりだ。悪いことにならないよう最善を尽くすつもりだが、今後の僕には目が届かないこともある。キミが代わりにレティを見守ってほしい」

「レティシアはなんて……？」

「嫌だと言っているが、レティは世間知らずだ。今にどうしようもないことを理解するようになる」

ポールはフェリクスと距離を取り、造りもののように端整な顔を覗きこむ。悲哀、失望。あらゆる負の感情が今にも瞳からあふれ出しそうで、見ているポールの心臓が痛みを伴って疼いた。

「話はそれだけだ。ひとりになりたい。今日は帰ってくれないか」

「ああ……また来るよ」

先刻『もう来るな』と言われたことを忘れたわけではないが、このまま会わずにいられるはずがなかった。瞼の裏が熱い。

フェリクスの部屋を出て目許を覆っていると、廊下の向こう側から足音が聞こえた。向きなおると、厳しい顔をしたレティシアが佇んでいた。

「悪かったな……いろいろと」

ふたりで肩を並べて廊下を歩きながら、ポールは沈黙を破った。レティシアの顔が向けられる気配があるが返事はない。構わずポールは続ける。

「俺があのときもう少し冷静でいたら、こんなことにはならなかった」

バルコニーでのことだ。激昂して殴りかかり、胸倉をつかんで追い詰めた。暴力に訴えるのではなくて冷静に話し合えばよかった。そう思う一方で、同じ状況を何度用意されようとも平静を保てなかった、とも思う。

すべての結果は出ていて、覆《くつがえ》すことができない現実が目の前に広がっていた。もしもの世界を描いて現実逃避をすることは、なんの意味もない。

考えながら歩いているうちに、いつの間にかレティシアを追い越していた。ふいに背後から静かな声が届く。

「謝る必要があるのは、わたしも同じじゃないかしら」

ポールが足を止めて振り返ると、レティシアは胸のあたりで拳を握りしめながら目を伏せていた。

「たしかにポールがフェリクスに暴力を振るわなければ、こんなことにはならなかった。フェリクスは目が見えなくなって、わたしはここを追い出されるかもしれない。以前ならうまくいってたこと、すべてが壊れそうで、正直ポールがあんなことしなければ、って思ったわ」

レティシアの眦《まなじり》に涙が浮かびあがる。だが決して雫をこぼすことはない。ポールが息を詰めていると、彼女は目を瞬き涙の気配を霧消させた。

「でもわたしもあなたを裏切った。だからポールだけを責めるつもりはない」

彼女は歩を進める。追い抜かれたポールはレティシアの背についていき、すぐに追いついた。

「先生はなんて？　目は治る可能性はあるのか？」

「そういう例はほとんどないらしいわ」

「ゼロってわけでもないんだろ？」

「そうね。でも今は戻ったときのことを考えるより、見えない状態の生活に一日も早く慣れるよう努力したほうがいいって。フェリクス本人も、まわりにいる人間も」

突き放すような口調だった。レティシアはポールを責めないと言ったけれど、心の奥底には隠しきれない憤りが渦巻いているのだろう。

彼女の本心を感じ取ってポールが言葉を紡げないでいるうちに玄関に差しかかる。開いた扉の向こうへポールが出て、レティシアは立ち止まった。振り返ると彼女は感情の読めない表情を宿していた。以前のフェリクスのようだ。

「ごめんなさい。今日はもういいかしら」

華奢な体全身でポールを拒んでいる。完全に恋は終わったのだと自覚せざるを得なかった。希望を持っていたわけではない。修復を望んでいたわけではない。けれどなにかしらつながりを持っていたいと願っていたことは否めなかった。

「レティシア」

「なに」

「レティシアはなぜ俺と付き合ったんだ？」

ふたりの間に風が吹き抜ける。互いのつながりを壊すように、粉々に吹き飛ばすように。

風の音がやんでから、彼女は薄い唇を割った。

「そっか……わたしまだ約束守ってなかったね」

ようやくレティシアの双眸に光が灯る。遠い日に思いを馳《は》せるように細められた目は潤み、言葉にならない感情が浮かんでは消えていく。

「はじめてポールがわたしを好きだと言ってくれた日、約束したのにね」

彼女の言葉で、ポールも今は果てしなく遠く感じるあの日に心が還《かえ》るのを感じていた。

思いを告げたあのときには、こんな終わりが待っているなんて想像もしていなかった。

『次までにひとつだけ、わたしの好きなところを考えておいて？』

『わたしも、考えておくから』

ついに果たされなかった約束。忘れていたわけではないが、照れくささが先に立ち言い出せなかった。そうこうしている間に今さら伝えなくてもいいか、と思うようになって気づけば今にいたる。告げていたらなにかが変わっていたのだろうか。

「ポールと一緒にいる時間が楽しかったの。会えたときは嬉しくて、帰り際は寂しいと思ったわ」

レティシアの黒い瞳が突き刺さる。心ごと縫いつけられて目がそらせない。

「ひとつだけ、なんて数えられるようなたしかな理由はないけど好きだった。信じなくてもいいけれど、嘘じゃないのよ」

嘘だなんて思っていない。ただ、続けるべき言葉をつかみ取れなかった。ポールが口をつぐんでいると彼女は愁いをたたえた瞳を伏せた。

「わたしにとってポールは、安らげる存在だったの。結婚したら理想的な家庭を築けると思ったこともあったわ」

レティシアの言葉にポールは眉根を寄せる。褒め言葉のようであるけれど違う。続きの言葉を待っていると、予想どおりの現実が投げつけられた。

「フェリクスのことは多分ずっと異性として意識してたわ。でも気づかない振りをしてた。ダメだってわかってたから……。でも惹かれる気持ちはどうにもならなかったの」

「はは……」

乾いた笑いがこぼれた。これがレティシアの嘘偽りのない気持ちなのだと、目を見ていたらわかる。

すべては終わったことだ。今この場でどれほど熱くレティシアへの愛を語ろうが、彼女の心をすり抜けて虚空に溶けてしまうことはわかりきっている。ポールの想いは、言葉にすればするほど陳腐《ちんぷ》なものになってしまうような気がした。

彼女もポールからの返答は期待していなかったようで、やがて踵を返す。お互いになにも言わなかった。遠ざかる小さな背中が見えなくなったときに、息が詰まるほどの悲しみに襲われただけだった。

こんな形で終わりを迎えるなら、恋なんてしなければよかった。手のひらからこぼれ落ちる過ぎた日々を思い、ポールは地面にくずおれた。

＊＊＊

ポールがフェリクスを見舞ってから数日が経過した。その日は朝から珍しく快晴で、レティシアの気持ちとは裏腹におだやかな陽光が庭園に差し込んでいた。

「フェリクス、入るわよ」

いつもならすぐに応えてくれるはずの声が聞こえてこない。フェリクスに限ってまだ眠っているということはないだろう。不安になったレティシアが許可を得ないまま扉を開けると、部屋のなかほどにあるベッドに彼は腰を下ろしていた。

机はもう何日も触れられた気配がない。レティシアがそろえた点字の書籍も一切開いた形跡がなかった。

「フェリクス……」

声をかけても、こちらを見ようともしない。彼が全身でレティシアを拒絶しているのが伝わってきた。レティシアは手に持っていた薔薇をテーブルに置くと、ベッドへ近づく。

「レティ、これでわかっただろう？　僕が仕事に復帰するのは絶望的だ」

彼は淡々と語る。

「でも、前と同じようにとはいかなくても、なにかできるはず……」

「今まで当たり前のようにできていたことができない苦痛は、キミにはわからないよ」

フェリクスの言葉の意味はわかる。レティシアには失明の精神的な打撃は理解できない。だからといってすべてを諦めてしまおうとしている彼を見ていると、思いとどまらせたくなる。レティシアのわがままなのだろうか。

「ポールにも話しておいた。次に会ったときにでももう一度レティシアを頼むと言うつもりだ」

テーブルに置いてあった薔薇に彼の手が触れる。視線を虚空に漂わせたまま指先で手繰り寄せる様は見ていて危うい。

白い指が一輪をつかんだとき、一瞬フェリクスが眉根を寄せた。

「だからレティ。もうここへは……」

後に続く言葉はわかっている。ここへは来なくていい。彼が光を失ってからこれまで何度向けられた台詞だろう。数える気にもなれず聞き流しているが、痛みはレティシアの心の奥底へと蓄積し続けている。

レティシアは痛みに気づかない振りをして、フェリクスの隣に腰を下ろした。

「フェリクス、手、見せて」

「え？」

「指」

彼が持っていた一輪の薔薇を傍らへ避けると、フェリクスの白い手首をつかんだ。思ったとおり指の先端は赤く汚れていた。薔薇の棘が刺さったようだ。

真新しい傷口は今も新しい赤をにじませて、細い指へと伝っていく。

レティシアはためらうことなく先端を口に含み吸いあげた。独特の味が口内に広がって、体が震えて痺れそうだった。

「レティ……」

フェリクスの声にはわかりやすいほどの困惑がにじんでいる。手を振りほどくことはできないが歓迎はしていない、そんな口調だ。

彼の言葉を無視して、レティシアは好き勝手に指へ舌を這わせて先端の爪に歯を立てると、力任せに爪をかみ砕いた。

「い、つ……っ」

フェリクスが眉根を寄せる。五指に並んでいた形のいい爪は、一本だけ先端が割れ歪に切り取られた。新たに傷ついた指先からは鮮血が一筋あふれ出た。

傷口を丁寧に舐めとる。口に含んで吸いあげて、鉄のような味が薄くなってきたころに唇を離した。透明と赤が混ざったふたりの体液が糸を引いてこぼれ落ちる。

「フェリクスはしばらく、なにも考えないでいて」

「どういうことだ」

「わたしがちゃんとするから。大丈夫」

彼の髪をなでる。視線の合わない青灰色の目はレティシアではないどこかへ向けられている。彼にもう一度必要とされたい。手放してもいいなんて思わせたくなかった。

「だから、捨てるなんて言わないで……」

温室で育てられた花が、今さら野生に返されてたくましく生きられるはずがないのだ。今までどおりでなくてもいい。丁寧に扱われなくてもいい。ただ、花が朽ち果てるまで同じ温室のなかにいさせてほしかった。


その日の昼すぎ、レティシアが立ち聞きしてしまったのは偶然だった。ひとりでの食事を終えた後にフェリクスの顔を見に書斎へ足を運んだとき、使用人と話しているのが扉越しに聞こえたのだ。

「では今日の夕方に、ポールにここへ来るよう伝えてくれ。レティの今後や仕事のことで話がある、と」

「かしこまりました」

男性の使用人が扉へ近づいてくる気配を感じて、レティシアは慌てて隣の空き部屋へ身を隠した。彼が立ち去ったのを見届けてから息をつく。

フェリクスはまだ、レティシアをポールに預けたほうが幸せになれると考えているらしい。ポールと交際していたことが尾を引いているのだろう。

「いやよ……」

フェリクスと離れたくない。大切な人はいつもいつもレティシアから去ってしまう。

幼かったあの日、母に孤児院へ連れていかれたときのことを思い出す。無力で小さな自分にはなにもできなかった。けれどあのころとは違う。

レティシアは部屋へ戻ると、侍女に入浴の準備をしてもらった。

フェリクスがそのつもりならば、レティシアにも考えがある。真っ向から抗うつもりだった。そのための下準備は入念にする必要がある。

湯に薔薇の花びらを浮かばせて、丁寧に髪と体を洗ってバスルームからあがる。肌と髪には、屋敷の庭に咲いていた薔薇から採れた香料を使った香油を薄く塗り込む。いつかこんな日が来たときのために用意していたドレスを侍女に着つけてもらって、完成だ。

部屋を出て書斎へ向かう。フェリクスは最近よく見せる無表情のまま、目線を上げることもなくタイプライターを打っていた。

「フェリクス」

「レティか。どうしたんだ急、に……」

兄の言葉は中途半端なところで途切れた。レティシアが強引に彼の頬に手を当てて、形のいい唇をふさいだからだ。

はしたない女だと思われるかもしれない。淑女にあるまじき行動だと咎められるかもしれない。けれどレティシアの本気を理解してもらうには、ほかに手段がない。

「んっ……」

フェリクスは唐突なできごとに戸惑ったようだったが、レティシアは懸命に逃すまいとした。

以前兄がしたように、自分から舌を絡めて口づけを深くしていく。だが細身の女性であるレティシアに彼を押さえつけられるはずもない。

「レティやめろ、もうすぐ」

「わかってるわ。ポールが来るんでしょう」

自分でも驚くくらい冷静な声がこぼれた。間もなく夕刻に差しかかる。日差しは徐々に頼りなくなっているが、室内にあるものの輪郭くらいは余裕で追うことができた。

「なにをするつもりだ……？」

「ポールが到着してからのお楽しみよ」

レティシアが唇を曲げて笑うが、フェリクスの双眸は虚空に向けられたままだ。やがて硬い革靴の足音が聞こえて書斎の扉が開く。現れたのはポールだった。

「やあフェリクス。連絡をもらって来たんだが……」

ポールの言葉は最後まで続かなかった。無理もないだろう。書斎の椅子に座るフェリクスに、覆いかぶさるようにレティシアが抱きついているのだから。

「レ、レティシア……？」

レティシアはポールには答えず、兄の耳朶に歯を立てた。

「い……っ」

一筋の血が流れて首筋へと伝う。その、鳥肌が立つほど美しい赤に舌を這わせながら兄の耳元でささやいた。

「ポールに見てもらいましょうよ。わたしたちの関係を」

「正気か……？　そんなことをしたらキミは」

フェリクスの瞳はレティシアをとらえていないが、たしかに驚きに見張られていた。兄の言いたいことはわかる。この場で決定的瞬間を目撃させてしまえば、レティシアがポールに頼るという選択肢は潰えることになる。

机から入口までは距離があるため、兄妹の会話はポールに届いていないようだ。

「わかってるわ」

だがこうでもしないとフェリクスは信じてくれない。本音を言葉にするのももどかしくてその唇に噛みつくようなキスをした。

「お、おまえらなにしてるんだ……！」

ポールが声を張りあげる。ようやく我に返ったようだ。レティシアは入口で佇んでいる観察者に視線を送ると意識してほほ笑みかけた。

「ポール、見てて。わたしたちの関係がもう、取り返しがつかないところまで来てるって。

のせいなのだ。

「全部見て覚えてて」

そう言って挑発するように兄に口づける。唇を何度も重ねて舌を絡めているうちに、下肢の熱が高まって疼く。この行為だけで体が潤うようになってしまったのは、フェリクスのせいなのだ。

「んっ……ん……」

レティシアの体温が上がり、身に纏った薔薇の香りが濃くなる。息が苦しくなるくらいに深く口づけてから一旦離れると、陶磁器めいていたフェリクスの頬に、体温が浮かびあがっていた。

よかった。なにをしてもフェリクスが反応しないかもしれないという不安もあった。そうなればレティシアは本当の意味で兄を失うことになったはずだ。

「フェリクス……」

精一杯の気持ちを込めて何度も口づける。やがて頑なだったフェリクスの体から力が抜けた。体を離すとふたりの唇の間に透明な糸が引かれてすぐに切れた。

彼の下肢に手を伸ばそうとしたところで、フェリクスが眉根を寄せる。

「レティ、キミはどうしたいんだ」

「最後までするの。この場でわたしを抱いて。大丈夫、わたしがするから」

足首までを覆っていたドレスのスカートをめくりあげて太腿をさらす。入口に立っているポールからは、マホガニーの机が視界を遮っているから、素肌が見られることはないだろう。

　フェリクスの手を太腿に誘導すると、彼はなにかを言いたげに端整な顔をしかめた。湯浴みを終えたレティシアは、ドレスだけを纏って下肢には下着さえつけていない。

　ここへ来るまで靴は履いていたが、椅子で抱き合うときに脱いでしまった。

　唇が腫れてしまいそうなほどにキスを繰り返してから、ようやく離れる。床に足を下ろして体勢を直すと、入口のところでなおも棒立ちになっているポールと目があった。彼がこの禁忌の関係の証人となる。

　ラウンジコートの上着をフェリクスから預かると、傍らに畳んで置いた。トラウザーズをくつろげて、すでに兆していた陰茎を取り出す。

　恥ずかしくないと言ったら嘘になる。女性であるレティシアが兄に頼まれてもいないのに自ら奉仕するなんて間違っているのかもしれない。だが椅子の下に跪いてしまえばポールからは死角になるし、今のフェリクスにレティシアの表情を確認する術はない。本能のまま、欲望のまま正直になればいいのだ。

　小さく深呼吸してから、おそるおそる口づけてみる。兄はレティシアを止める気配がない。続けてもいいということだ。

　口腔内を潤わせてから、先端部分をすべて含んでみる。まともに見るのもはじめての男性器を口に含むのは勇気が要ったけれど、状況が背中を押してくれた。

　気の赴くままに舌を這わせてみる。続けてなかほどまでを咥えてみた。たまに加減を間違えて自分で喉の奥をついてしまい、呻きともとれる声が漏れたけれど苦痛ではなかった。

「んっ……ふ、ぅ……」

「レティ、もういいよ……」

わかっている。すでにいつでもつながれるほど熱く硬くなっている。けれどレティシアはもう少し自分の舌で、唇で兄を愛撫したかった。

書斎にはあからさまに淫靡な空気が漂っている。いくら机の下に隠れているといっても、ポールにはレティシアがなにをしているか言わずとも伝わるだろう。

レティシアには性技も知識もない。だから男性のどこをどうしたら悦ぶのかわからなかった。ただ、歯を立てないように痛くしないように心がけていたのだが、時間が経過するにつれてフェリクスの先端から、自分の唾液とは違う味のものがにじみ出ていることに気づいた。

これはなんだろう。丁寧に舐めとって味わうとじわりと体が熱くなりだす。なにも穿いていないスカートの中身もすでに熱く甘く疼いていて、本当は今すぐにでも触れてもらいたいくらいだった。

フェリクスに伝えたら、はしたないと言うだろうか。淫乱と嘲《あざけ》るだろうか。だが兄に抱かれて深く貫かれたのは、ポールと薔薇の迷路へ行った日だけだ。これ以上待ちきれない。

レティシアは立ちあがると、椅子に座るフェリクスと向かい合った形で抱き合う。ポールに見えない側のスカートをめくりあげて、自分の熱く濡れた秘部に兄の熱くたぎった箇所を押し当てた。

「ああっ……」

歓喜の声がこぼれる。ぬぷりと先端が入ってきた。はじめてでないとはいえ久しぶりの行為だ。狭い柔肉を硬い杭が押し進んでいくのはそれなりの圧迫感がある。けれど痛み以上のものもたしかにあった。その正体をレティシアは知っていた。

コルセットで締めあげられた腰にまわされていた、フェリクスの腕に力がこもる。レティシアが熱のこもった息をつくと、兄妹は完全につながった。

その瞬間、レティシアは声を抑えることを忘れて上体をそらして快楽に震えた。不思議な感覚だった。ベッドで組み敷かれていたときよりも、向かい合ってフェリクスの上に乗っている今のほうが、体内にいる兄の形が鮮明に伝わってくる。

「ああ……フェリクス」

自分でゆっくりと腰を動かす。ポールに見られながら、フェリクスに聞かれながら痴態をさらしていく。

常に受け身で生きてきて、万事フェリクスになにかしてもらうことを待っているばかりだったレティシアにとっては、自分の存在意義を覆すほどの行為であった。

すでに先ほどまで感じていた圧迫感はなくて、悦楽一色だ。自分から腰を動かすことで得られる快感は、フェリクスに与えられていたときとはまた種類が違っていた。

「はぁ……あ、っ……ん」

腰を深く落としたところで最奥までを貫かれて、甘ったるい声がこぼれる。濡れた音が聞こえた。以前は居たたまれないばかりだった淫靡な水音が、今はどうしようもなく気持ちを高揚させるのだ。

ふたりは椅子の上で睦みあいながら、何度も角度を変えてお互いの悦いところを探った。そのたびにレティシアはあられもない声を漏らす。自身からあふれた透明な蜜は、ふたりがつながっているところへと滴っていて、視覚的にも感触的にも淫靡だった。先ほどまではフェリクスに見られていないから好きにできる、と考えていたはずだったが、気づけば彼にも見てもらいたいと思っていた。

フェリクスと口づけながらふと目を開けると、兄の肩越しにポールと視線が重なった。顔面蒼白で震えている。ひどいことをしているのは承知のうえだ。ポールはレティシアに想いを寄せていたのだ。残酷な行為だとわかってやっていた。

だがこの気持ちはなんだろう。兄との不埒な行為を、机を隔ててポールに見られている今の状況には、正体不明の昂ぶりを覚えた。視線で焼かれる。フェリクスと体をつなげているところも、ポールに見つめられているところも熱い。

そのまま見つめていると、ポールは泣きそうに顔を歪め、扉を開けて部屋から出ていった。

扉が音を立てて閉まる。

やがてフェリクスは、されるがままの行為だけでは物足りなくなったのか、レティシアに、足を下ろし机に手をつくように言った。

「あ、あっ……ん、あぁ……」

予告なく背後から一気に奥まで貫かれる。耐えていた欲望が弾けて瞼の裏が真っ白になった。レティシアは体を震わせ机に突っ伏す。

そこには倫理も常識もなかった。獣じみた体勢で相手の肌を貪るためだけに兄妹は何度も体位を変えて交わった。後背位を終えると、今度は机に組み敷かれて貫かれた。

前回と同じ体位とはいえ結構な圧迫感であるはずなのに、先ほどからフェリクスを受け入れているレティシアの蜜口はやわらかく蕩けていて、快楽しか感じられなくなっていた。

普段、フェリクスが仕事をしている神聖な机に押し倒されて体をつなげる。どこまで罪に堕ちていけば底が見えるのだろう。

「レティ、寝室へ行こうか」

欲望には果てがなくて、彼に請われるままに机の上での行為を終えると寝室へ向かった。

ベッドまで行くと、フェリクスはいつになく余裕を失くした様子でレティシアにのしかかり、性急に貫く。一度では足りないと言葉にするまでもなく、お互い当然のように求めあった。

フェリクスは自分でポールを呼び出した手前、遠慮があったのだろうか。彼が立ち去ってからは飢えを満たすかのようにレティシアを何度も貪った。

「ん……は、ぁ……あ、あ……んっ」

レティシアを見下ろすフェリクスの頬に、透明な汗が滴る。いつも静謐な様子を崩すことのない彼がこんな表情をしているのは珍しい。つられるように自分の額に手の甲を当てて汗を拭った。

強く抱きしめられると、より一層体が深くつながる。ふたりの体の間にはわずかな隙間もない。体も心も溶けてしまいそうだ。

何度も口づけを繰り返して、互いに相手の肌に触れた。もう一度彼の情欲の証を体内に欲しい。最奥を満たしてほしかった。そう思った直後、レティシアの体が熱を帯びて高みへと連れ去られる。

意識がすべて焼かれそうだ。なにも考えられない。体の力を失ってベッドへ沈み込んだそのとき、たしかにレティシアの体内に熱い精を注ぎ込まれる感触があった。

そして夜明けが来るころ、レティシアの体力は尽きて、寝具へ沈むようにして目を閉じた。

深い海をたゆたう。あたたかくて心地のいい水底へ沈んでいく。

きっと目覚めた朝は今までよりもふたりにとってすばらしいものになると、レティシアは信じていた。

以来レティシアは、フェリクスの仕事を補佐できるようになるため精力的に動いた。すでに会社の実権はフェリクスの叔父に移っていたが、甥の力が必要な局面は多々あるらしく、レティシアが秘書としてフェリクスの予定を管理する。

結局のところ、書類仕事だけならば、能率の差はあれど誰にでもできる。そこをいかに要領よくこなして、フェリクスの作業をしやすくするかが重要だった。彼はただ机に座って、非凡な能力で仕事を進めていたらいい。彼に信頼されるまでには時間がかかりそうだけれど、レティシアが彼のそばに居続けるためにはほかの方法が浮かばなかった。

だが仕事ばかりをしているわけにもいかなかった。フェリクスは視力を失ってから社交の場へは一切顔を出していない。にもかかわらず、薔薇屋敷には時折客が訪れるようになっていた。

豪華な装飾を施された馬車は、以前からフェリクスに熱心に言い寄っていた侯爵令嬢のものだ。事故以来、フェリクスに女性が寄ってくる機会は減っていたが、彼女だけは違っていた。

以前、レティシアとポールが薔薇の迷路から帰る際に目にした光景を思い出す。華やかで美しい侯爵令嬢が、フェリクスの手を取って馬車から降りていた。

他人行儀なフェリクスの顔は、レティシアへ向けられるどの表情とも違っていた。それがいいことなのか悪いことなのかわからない。ただ、自分の知らない彼を他人が知っているということがたまらなく不愉快だった。

視力を失ってからはもう大丈夫だと思っていた。女性が寄ってくることはない。フェリクスを独占できるのは、同じ箱庭で暮らしているレティシアだけ。そう思っていたのに。

無意識に手を握りしめて震わせる。レティシアの視線の先で、絹糸のような金髪の侯爵令嬢が馬車で立ち去る。どうがんばっても自分には得ることのできない華やかな美貌。レティシアの暗い印象を与える黒髪も黒い瞳も、フェリクスには不釣り合いなのはわかっている。でも。

「レティ。キミは最近外出が多くて、薔薇屋敷にいる時間が少ないようだね」

動揺を抑えながら、いつものように薔薇の花をフェリクスの部屋へ届けると、最近にしては珍しく彼のほうから話しかけてきた。

「ちょっと、忙しくて」

レティシアがフェリクスの会社へ赴いて仕事を教えてもらっていることは、彼には直接話していない。内緒にしているわけではないけれど、面と向かっては言いづらかった。だが彼は部下から報告を受けて把握していたようだ。

「会社のことは会社の人間に任せておけば平気だよ。叔父さんだっていつまでも僕に頼ってはいられないとわかってるだろうし、僕も経営からは退いた身だ。これを機会に完全に会社から離れたいと思ってる」

抑揚なく語る横顔からは、やはり以前の強い輝きが感じられない。フェリクスを形作る大切な光が失われたことで、人間性さえも崩れてしまうのか。

「わたしが補佐では不安……？」

「レティ」

「もちろん仕事のことだけじゃなく、日常生活も手伝いたいの。以前と同じとまではいかないかもしれないけれど、少しでも……」

少しでも必要としてくれたら嬉しい。本音を押し隠すと、フェリクスは力ないほほ笑みを浮かべて口を開いた。

「親戚の家へ籍を移すこと、考えてくれたかい」

「まだそんなこと言ってるの？」

先日ポールに兄妹の情事を見せつけてからは、フェリクスがポールの名を口にすることはなくなった。だが、親戚の家へ預けたいという気持ちに変わりはないらしい。頑なにレティシアの願いとは違う環境を押しつけようとしてくるフェリクスを見ていると、自分が努力していることは無意味かもしれないと思えてきて虚しくなる。

「その家の夫妻はとてもいい人だよ。きっとキミならうまくやっていける」

「もうその話はいいの」

フェリクスの言葉を遮る。聞いていられなかった。レティシアにとっての幸せを彼に決められたくはない。

「でもね、レティ」

「フェリクス、そんなこと言って、自分は侯爵のお嬢さんと付き合うつもり？」

「え？」

「以前ここはわたしたちだけの屋敷だったはずなのに、あの人に来てもいいって言ったのはフェリクスよね」

フェリクスの表情が一瞬強ばる。

「わたしよりもあの人のほうがいいの？　だからわたしを親戚の家へ厄介払いしようとしているの？」

美しい金髪、青い瞳、華やかに着飾った麗しい侯爵令嬢。思い出すだけで胸が焦げそうだ。

絶対に渡さない。フェリクスが彼女を選ぼうとするならどんな手を使ってでも阻止する。それでフェリクスに憎まれたとしても、構わないと思っていた。

「違うよ……」

彼の手がレティシアのほうへと差し出される。髪をなでようとしているのだと察したレティシアは、身を寄せると兄にすがりつく。頭から背中にかけてを触れられるやさしい感覚に、懐かしくも物悲しい思いが胸中を駆けめぐった。

「レティが嫌だと言うのなら、あのご令嬢にはもう来ないように言っておく」

彼の言葉にレティシアはうなずいた。本当にフェリクスのためを思うなら、視力を失ってもなお通ってくれる女性との関係を歓迎すべきだ。わかっていてもフェリクスの手を離すことはできない。

自分たち兄妹はいつでも一緒にいた。お互いの存在を、飢えるほどに求めていたはずだった。それなのに、今は相手を必要としているのがレティシアだけである事実が苦しい。

「でもレティシア、ひとつ約束してほしい。仕事で無理はしないと」

フェリクスの目は相変わらず、レティシアをとらえることがない。長いまつ毛が影を作った目許は、青灰色の面影さえ見えなかった。

「それは、以前わたしがフェリクスによく言ってた台詞じゃない」

「うん、でも心配なんだ。昨日もろくに寝てないんだろう？」

「だったら助けてよ」

レティシアはフェリクスの正面から肩をつかんで、瞳を覗きこむ。自分と絡むことのない視線、一方通行の想い。こんなにも悲しいなんて知らなかった。

「わたしが体を壊すのが心配なら助けて。フェリクスも仕事に戻って。わたしもできる限りのことはするから。だって助け合うのが家族でしょ？　いつもフェリクスは手を差し伸べてくれたのにわたしだけなにもできないまま、遠い親戚のところへ追いやられるなんて嫌よ……」

卑怯な言い方だとわかっている。こんなふうに言えばフェリクスは断れない。エゴであることは承知のうえで告げていた。

もう一度身を寄せてしがみつくと、フェリクスも抱きとめてくれる。昔と変わらない感触に心があたたかくなった。

「仕方ないなあ、レティは」

彼がほほ笑む気配がある。

「フェリクス……」

「キミは僕の弱点を、熟知してるね」

うん知ってる、とレティシアは心のなかでつぶやく。フェリクスとの日常を取り戻すためだったら、使えるものはなんでも使いたい。自分自身が彼にとっての弱点ならば、こんなにも都合のいいことはなかった。

「負けたよ。仕事は再開する。慣れるまで迷惑をかけるだろうけれど、我慢してくれる？」

「当たり前でしょ」

フェリクスの背中に腕をまわしてすがりつく。体を離すと彼の頬に口づけた。いい方向へ行ってくれればいい。今は立ち止まっていたとしても一歩を踏み出して、ふたりで進んでいきたかった。

第六章

フェリクスがレティシアを恋人兼補佐として受け入れてから、一年が経過した。そして偶然か必然か、鉄道ブームがやってきた。鉄道会社が次々と創設され、王都だけでなく国内のいたるところに駅や線路が作られていった。なかでもフェリクスが最初に投資していた鉄道会社は、国内最大手として多額の利益をあげている。

投資家たちは流行の訪れを予感して、我先にと数ある鉄道会社へ資金を投じた。何年も前から巨額をつぎ込んでいたフェリクスの財産は、ここ一年で一生豪遊しても余るくらいに膨れあがっていた。

あたたかくなった風が香る。外に面した廊下を歩いて身が凍えない季節になったことは、寒さが苦手なレティシアには喜ばしいことだった。

使用人から受け取ったシルバートレイを片手で持って、フェリクスの書斎の扉を叩く。

「フェリクス、わたし」

「どうぞ」

返事が来たことを確認して扉に手をかけると、書斎では彼が机に腰を下ろしてタイプライターを打ち込んでいた。伏せられた瞳はレティシアに向けられることはない。

それでもいいのだ。視線が絡む日が二度と来なくても、この一年の間でレティシアは唯一無二の居場所を確保できたのだから。

フェリクスが以前と同等の才知を揮《ふる》えるくらいに、雑用や事務を徹底的に補佐する。仕事に限ったことではなくて、日常生活も同様だ。文字どおり眠っている時間以外はいつも一緒にいて、彼の目となって動いたのだ。

温室で甘やかされて育ったレティシアに、よくここまでの根性があったものだ、と我ながら思う。一方で彼の目となって働く生活は、レティシアに仄暗い喜びを与えていた。

一方的に甘やかされるだけでは、いずれ代わりの存在が現れたときに無残に捨てられる可能性があった。本能的にそれを理解していたのだろう。だからこそフェリクスに女の影を見つけて心が休まることがなかった。

それが今ではどうだろう。彼の目となれるのは自分だけという自負がある。誰にも渡さない。レティシアだけのフェリクスだ。そばにいたころには気づくこともなかったが、実母が再婚して以来甘やかしてくれていた義兄は、レティシアの半身と化していたのだ。

当たり前のようにそばにいるから気づけなかった。けれどいざ喪失の予感が脳をかすめたら平静を保っていられなくなるほどに動揺したのだ。

「投資の利益、順調だね」

鉄道会社への投資で得た利益についての話を振ると、フェリクスは目を伏せたままおだやかにほほ笑んだ。こんな表情を見ていると昔を思い出す。彼が誰をも惹きつける強い輝きを持っていたあのころを。

瞳から光は失われたけれど、彼の放つ輝きは失われていない。むしろ昔よりも増しているように見えるのは、身内の欲目だろうか。

一度失われたと思われたフェリクス本来の光を、レティシアの手によってよみがえらせた。その自負が自信につながっていた。

仕事のパートナーとして信頼を得ている感触が心地いい。かつて溺愛されるだけだったお人形のような自分はもういないのだ。

彼の目がレティシアを映さなくなったことに寂寥を覚えるのはたしかだったが、その寂しさを忘れるほどの充実感を日々得ていたのだ。

作業に没頭していると、陽が落ちていく。気づけば空は闇一色となっていた。室内の明かりを落とすと窓から完全な夜が忍び込んでくる。

今日はあいにくの曇り空で、月も星も見えない。空を完全に夜が支配していた。フェリクスはレティシアが明かりを落としたことに気づいていない。

窓枠に置いたランプも消すと、なにもない世界がそこにあった。

「フェリクス」

椅子に座っている彼に手を伸ばす。心許ない指先がつかんだのはたしかな体温で、彼がいることを実感する。普段彼はこんなにも寂しい世界にいるのだ。

兄の補佐をしはじめてしばらくしたころから、レティシアは定期的に明かりを完全に落として互いの温もりを確認しあっていた。欲望を満たすためでも独占欲をぶつけるためでもなく、ただお互いを必要として熱を求める行為はレティシアの心を満たしていた。

唇を重ねると、ほのかに薔薇の香りがした。フェリクスだけでなくレティシアからも漂っているのだろう。薔薇に囲まれたこの屋敷はどこにいても深く甘い香りが漂っているが、一番強いものは互いの体内からあふれているように思う。

椅子に座っていた彼の手を引いて、ベッドへと歩いていく。暗闇のなかでは、視界の条件は同じだ。何度か体をぶつけそうになりながらもたどり着くと、ふたりして倒れ込んだ。

薔薇の香が一層強く撒き散らされる。レティシアの夜着がフェリクスの繊細な手によって解かれていく。肌をさらされることへの羞恥と恐怖はなかった。

余計なものはなにもいらない。お互いの温もりと肌と感触があればよかった。

レティシアはいつからか悪夢を見なくなっていた。気づいたときには、闇に咲く血を滴らせた薔薇の気配はなくなっていたのだ。

あの夢がレティシアになにを知らせようとしていたのか、今となってはわからなかった。潜在意識にある不安と恐怖が映像となって現れたのか。

気にするだけ無駄だと思っているせいか、思い出す頻度も減っていた。

鉄道への投資の利益で十分すぎるほどの財産を得てからは、フェリクスは仕事の量を減らしてレティシアとともに過ごす時間が増えていた。

少し前までの、寝る間もないような多忙な日々は、直面した現実を忘れさせるにちょうどいい薬だったが、彼は自分の目のことを受け入れつつあるようだ。

親戚にレティシアを預けてポールにまかせると言い出したときは、不安で仕方なかったが、そうならなくてよかった。

バルコニーでの事件以来、ポールとは外で顔を合わせることはときどきあったけれど、挨拶をかわす程度でそれ以上の会話はなかった。昔のような楽しい時間は戻らない。彼に淡い恋心未満の気持ちを抱いていたのは懐かしいいし、今ではいい思い出となっている。もっともポールにとっては、苦い思い出以外の何物でもないのだろうけれど。

久しぶりに彼のことを思い出したためだろうか。唐突に彼が薔薇屋敷を訪れた。

＊＊＊

ポールは薔薇屋敷の門前に立ち、ひとり感傷にひたっていた。この屋敷を訪れるのはずいぶんと久しぶりのことだった。以前遭遇した、悪夢のような光景はまだ忘れてはいない。夕闇が迫る薄暗い部屋で、レティシアは今までに見せたこともないような妖艶さを双眸にたたえて、フェリクスに覆いかぶさるように抱きしめていた。

その後目にしたものは、できれば記憶から抹消したいものだったが、あのときを境にレティシアへの未練が消えた。どうしたって手が届かないところにあると気づいたのかもしれない。

薔薇屋敷に特別な用事もなく訪れる日が再び来たことは、ポールにとって不思議なことであり、当然のことでもあるような気がする。

応接室へ通されたポールは、ひとりレティシアを待つ。多忙だと言われれば引き下がるしかないなと考えていると、扉が開いて彼女が姿を現した。

しばらく見ないうちに、艶のある黒髪は腰に届きそうなほどになっていて、頬や肌の透明感と瑞々しさも増していた。彼女が今幸せで満たされていることが、一目見て伝わってくる。

「久しぶりね、ポール」

レティシアの第一声は、以前彼女に見せられた異常ともいえる情事の片鱗を感じさせないものだった。だからポールも平静を装って以前と変わらない口調で応える。

「レティシアも元気そうだな」

突然約束もなく訪れたポールを、レティシアは嫌な顔ひとつせず受け入れてくれた。メイドがふたり分の紅茶を運んできて準備を終えると退室する。

「フェリクスは今、出かけてるの」

今日は午前中に来客があったらしい。大した内容ではなかったため、レティシアのみで対応して、フェリクスは出先で仕事をこなしているのだという。その仕事も昼前には終わる予定で、午後からはふたりで日の当たるあたたかい部屋で、のんびり過ごすつもりだったらしい。

「ああ。今日はフェリクスに用事があって来たわけではないんだよ。ちょっと近くを通りかかったから、いるなら顔を見たいなと。もしかして邪魔したか？」

「ううん、どっちかというと暇だったわ」

かつて、フェリクスが仕事ばかりしていたころ、レティシアはいつも暇を持て余していた。そのころのことをからかいたい気になったが、もうあのころの関係性ではない。軽口を呑みこむと、代わりの台詞を口にした。

「使用人、また増えたんだな」

庭にも廊下にも、メイドや近侍《フットマン》がそこかしこに見られた。ホールにはハウスキーパーの姿もあった。

「一時的に減らしていたけれど、フェリクスの意向で、今では雑用のほとんどを使用人任せにしているの。そうしないとわたしたちの仕事がまわらなかったから」

「投資で大当たりしたからな。あいつは本当に先を読む力があるな」

ポールの言葉にレティシアもうなずく。

「そうね。フェリクスは運がいいだけ、なんて謙遜してるけど、まぐれではここまでできないわ」

フェリクスの投資先は鉄道会社だけではない。ほかにも様々なところで大なり小なり利益を出していた。ポールも投資をしているが、胸を張れるほどの利益は得られていない。

彼の逆境に強い精神も羨ましかった。視力を失ってもなお卓越した経営手腕は健在で、それまで以上に会社を大きくすると、あっさりと引退してしまったのだ。現役のときに荒稼ぎしたものと投資で得た資金があれば、新たな商売を起こすくらい容易だろうけれど、フェリクスはレティシアと薔薇屋敷で静かに暮らすことを選んだ。今では道楽程度の商売しかしていないようだ。

「どこまでも、敵わねえよなあ……」

ポールがこぼすとレティシアが視線を向けてきた。きょとんとした表情からして意味が通じなかったようだ。

ポールは苦笑いをして息をこぼす。この気持ちは妬みかもしれない。いや、九割妬みであることはわかっている。

フェリクスが失ったものは果たしてなんだったのか、と考えてしまうのだ。ポールの手で彼から光を奪った。それは間違いない。でも彼の手には以前と変わらずなにもかもがある。レティシアも変わらずいる。

対してポールは恋を失い、仕事も私生活も中途半端だ。ゆくゆくは新聞社を継ぐことになるけれど、父親は未だに認めてくれていない。新聞記者としても二流止まりの息子をいたく嘆いているようだ。

ポールは自虐的な気持ちになり、話を変えることにした。

「フェリクスはどうだ。ちゃんと支えてやってるか？」

「うん。平気」

レティシアは昔とは比べものにならないほどに、大人びたほほ笑みを浮かべている。些細な表情の変化をポールは今でも目で追ってしまっていた。

彼女に惹かれた一番の理由はなんだったのだろう、とときどき思う。

清楚な見た目に反して、歪んだものを持っていたためだろうか。けれどそれはレティシアに限ったことではない。彼女の義兄もきっと。

フェリクスを受け入れるには、同じように内面に棘を持ち、理解できる人間でないとダメなのだ。彼もまたそんなレティシアに惹かれたのだろう。

自分も同じだ。だがポールの器ではレティシアを受けとめきれなかった。

「わたしのほうが支えられているくらい。でもこれくらいがちょうどいいのかも。どちらかが相手に寄りかかるのではなくて、お互いに支えあえるくらいが幸せなの」

寸分の隙もない彼女の笑顔を見ていると、つくづくポールの入る隙などなかったのだと思い知らされる。遅いか早いかの違いだけで、失恋は確定事項だったのだ。

たわいもない雑談をしていると、玄関ホールが騒がしくなる。フェリクスが戻ったらしい。レティシアは見るからに落ち着きを失くして、今すぐにでも彼を迎えにいきたいと思っている様子が伝わってくる。

「レティシア、悪いがちょっとの時間フェリクスを借りていいか？　ふたりで話がしたいんだ」

「え？　……ええ構わないわ。お茶を持っていかせるわね」

「いや、すぐに帰るし早く話をすませたいから、結構だ」

レティシアはなにかを言いたげに眉根を寄せていたが、ポールは構わず玄関ホールへと向かった。しかしすでに彼の姿はなくて、使用人に部屋へ戻ったと教えられた。踵を返して、かつて何度も足を運んでいたフェリクスの部屋の前で立ち止まると、扉を叩いた。

「フェリクス。俺だ」

「……ポールか？　どうぞ」

扉を開けると、フェリクスは付き人とスケジュールの確認をしていたようだったが、すぐに下がらせた。

「急にすまんな」

「別にいい。どうした？」

「用事というわけではないんだけどな、ただ顔を見たくて」

その言葉に嘘はない。罪悪感からなかなか訪問できないでいたが、ポールが引き起こした事故で彼は光を失ったのだ。フェリクスのことを気にかけない日はなかった。

「そうか」

事故直後はふさぎこむことも多かったように見えたフェリクスだが、日常を取り戻しているようだ。

「レティシアは、ずいぶんとがんばってるらしいな」

彼女がフェリクスの補佐をする、と息巻いていたときには内心無理だと思っていた。年齢のわりに幼いところがあるため、世間の荒波に揉まれてすぐに音をあげると予想していたのだ。意外だったとしか言いようがないが、彼女の努力は素直に称賛したい気持ちだった。

ポールの考えをよそに、フェリクスはおだやかにほほ笑む。

「でもそれも終わりだよ」

「引退したんだったな。投資の利益があるから十分か」

「ああ」

フェリクスがうなずく。事実だから当然で、彼に他意がないことはわかっているが、ポールの劣等感を的確に刺激した。

フェリクスをつらい境遇へと追いやったのはポールだ。責められるのが当然で、こちらが妬む資格などないとわかっていても黒い感情が抑えられない。

「以前おまえは、運がすべてみたいなことを言ってたよな」

「言ったな」

　抑揚のない口調で彼がうなずく。目が伏せられているから瞳の色は見えないが、物憂げな感情をたたえているのだろう。思えば彼は失明してから、視線を上げなくなった。いつも目を伏せている印象がある。瞳が光をとらえていないと対面した者は違和感が拭えないらしいから、光を映さない目許を見られたくないということは、彼らしい考えだ。

「あのとき俺は、運ばかりじゃないみたいなことを言ったが、たしかにフェリクスは強運の持ち主だと思うよ」

　その言葉にフェリクスのまつ毛がわずかに揺れる。目を瞬いたためだろう。

「そう思ったのは、俺の現状が関係している。俺は運がないばかりになにも得られなかった。富も名誉も、レティシアも……」

　フェリクスにあって、ポールにないもの。それは文字どおり誰しもが欲しいと願う美徳すべてだった。

「きっとこの先も……俺はもうそのうちのどれも手にすることはない」

　特にレティシアに触れる日は、永遠に来ない。

　フェリクスにもポールが言いたいことは伝わったのだろう。彼はうつむき加減だった顔を上げると唇を結ぶ。目は伏せられたままだったが、濃く長いまつ毛が陰影を作る様子までが見えた。これほど近くで真正面から彼の顔を目にしたのは久しぶりだ。

「俺が今さらフェリクスに、こんなことを言えた義理でないのはわかる」

ポールは吐き出した言葉を一度区切ると、息をついてフェリクスに一歩、また一歩と近づいた。失明後、彼が一度も見せようとしなかったブルーグレーの瞳を正面から覗きこんでやる。役割をなさない双眸はこちらの動きを追うこともなく、虚空へ向けられている。人形のガラス製の瞳を目にしたときにも似た寒々しさが、背筋をなでた。

美だけを追求して作られたような顔を見ていると、激しい不安に苛まれる。まるでフェリクスが、レティシアを出口の見えない常闇へ引きずり込んでしまうのではないか、という妄想に駆られるほどに。

「でも言わせてもらう。レティシアを悲しませることだけはしないでくれ」

今さらレティシアについて口出しする権利はないとわかっているが、あえて言った。

フェリクスは揶揄することもごまかす様子もなく、姿勢を直す。長い前髪がこぼれて片方の瞳を歪に覆った。

「頼む」

念を押すようにポールが告げると、静謐さをたたえたフェリクスの唇が曲げられた。口角がゆっくりと吊りあげられる。見る者を魅了せずにはいられない悪魔の微笑。

いつか見た表情と酷似している。再び彼のこんな顔を目にする日が来るなんて、思ってもみなかった。ポールは状況を忘れて、フェリクスに見入る以外になにもできなかった。

＊＊＊

ポールが久しぶりに会いにきてから数週間が経過したころのことだった。

「わたしにお見合い？」

突然アルベール家の本邸へ呼ばれたと思ったら、義父の秘書から用件を告げられた。意外というわけではない。妙齢であるレティシアに見合い話が湧くのは、不思議でもなんでもないことなのだ。

この国有数の大富豪と言っていいほどの財産を手に入れたアルベール子爵家と姻族になりたいと願う者は多いだろう。レティシアにも時折縁談が舞い込むようになった。事実これがはじめてではない。

「旦那さまもぜひ会っていただきたいとのことです」

数年前からずっと病床に臥したままのフェリクスの父親は、息子と義娘の行く末を案じているらしい。息子は立派に会社を大きくして、自身も十分な富を得た。一方でレティシアは、あてもなくくすぶっているように見えるのだろう。

縁談という二文字が重く心にのしかかる。

かつてフェリクスは、レティシアを親戚に預けるための段取りを計画していた。それが結婚という言葉にすり替わっただけだ。

「……考えさせてください」

レティシアは作り笑いを向けると、秘書に頭を下げた。彼の顔には『また今回も断るつもりなのだろう。『行き遅れて生涯独り身でいるつもりか』と書かれている。

彼らが善意で見合い先を紹介してくれているのはわかっている。でも、もう少しだけフェリクスとふたりでいたい。わがままな願いだと知っているから永遠に続くなんて思っていない。けれどある日突然終わりを告げられたとしても後悔しないように、一日一日を過ごしたかった。

馬車で薔薇屋敷へ戻ると、フェリクスの部屋へ直行する。

今は休暇中だ。仕事がないときには昼も夜も関係のないフェリクスは、日中に眠ることもある。音を立てないように扉を開けると、精緻な刺繍が施された窓際のカーテンが風に揺れる。昼下がりの陽光に透けて、室内にまで光があふれていた。

フェリクスはソファでうたた寝をしているようだった。テーブルにはまだ湯気の立つ紅茶が置かれているから、眠りは深くないだろう。起こさないように気を遣いながら、レティシアは窓辺へ歩み寄った。

「咲いてる」

窓の外を覗きこむとすぐに真っ赤な薔薇が出迎えてくれる。庭にあった薔薇は屋敷の壁まで蔓を伸ばしていて、二階のこの部屋からも間近で楽しむことができた。

「レティ？」

レティシアが漏らした独り言はフェリクスに届いていたようで、彼が身じろぎをする気配があった。

「ごめん、起こしちゃった？」

「いや。どうせ寝るつもりじゃなかったから」

「それならいいんだけど……」

ソファに横たわっていた彼は起きあがり、首元のクラバットをゆるめると目を伏せたままほほ笑んだ。

「薔薇の香りがする」

「わかるの？」

はじめて薔薇屋敷を訪れた人は、屋敷全体が薔薇の香りに包まれていると言うが、長年暮らしているレティシアにはわからなくなっていた。

「うん。窓辺かな？　風が吹いてくると香るね」

「すごいわ……」

フェリクスは視覚以外の感覚が研ぎ澄まされている、と事あるごとに感じていた。彼はレティシアには聞こえない遠くの物音や低い音まで取りこぼすことがない。香りに対しても同じで、以前よりも敏感になっているようだった。だからこそ、今からレティシアがしようとしていることを考えると胸の鼓動が抑えられない。

レティシアは震える手で肩ひもを解く。本物の薔薇を使って染めた、といわれる真紅のドレスは、自分の白すぎる肌とのコントラストが際立って気恥ずかしい。

そのドレスを、音を立てないようにしてカーペットの上に落とすと、レティシアは全裸でフェリクスに近づいた。

最近、彼といるときにひとりで楽しんでいる遊びだった。盲目の彼に肌をさらしていることを気づかれないよう、自然に振る舞うのだ。

彼が気づいてしまったらどうしよう、と考えながらも、なにも身に着けずに過ごす時間は妙な高揚感を与えてくれる。この甘美な背徳感は回数を重ねても褪せることはなかった。

今日からしばらく仕事は入っていない。使用人たちのほとんどにも数日の暇を与えているから、屋敷内には人影がなかった。

残っている者も別棟にいた。来客は約束がある人以外は通さないようにと言ってある。万一屋敷内を全裸で歩いていても、見られることはない。

「レティ。サンルームへ行こうか」

きっかけは彼の言葉だった。陽光を肌で感じられるからという理由で、フェリクスはサンルームで過ごすことを日課にしていた。彼はレティシアの手を取って引いていく。部屋にいるとき以上に甘い緊張感が高まる瞬間だ。

もしレティシアが隣で一糸纏わぬ姿でいると知られたら、フェリクスは呆れるだろうか、蔑むだろうか。未婚の女性がはしたないと憤るかもしれない。

でも今のレティシアが、肌をさらしたいと思う相手はひとりしかいなくて、それが兄なのだから仕方ない。

未来は相変わらず暗雲に覆い尽くされていた。いくら補佐役を買って出てうまくいったところで、いつまで続けられるかわからない。義父がときどき見合い話を持ってくることから考えても、世間にはレティシアが早くどこかへ嫁ぐことが望ましいと思われているのだろう。

　義父の体面を考えるならば縁談を受けて結婚して、嫁ぎ先でアルベール家の名に恥じない品ある行いを心がけ、婚家の墓に骨を埋めることが最善だ。

　フェリクスがレティシアの将来をどう考えているのかもわからない。自分がいることで彼の人生を狂わせている自覚はあった。バルコニーでの事故も、レティシアにも罪の一端がある。

　フェリクスが侯爵令嬢と結婚しないのも、レティシアが嫌だとごねたからかもしれない。なにが正しいのか考えるほどにわからなくなった。

「レティ？」

「ん……？」

「なにか難しいこと考えてる？」

　言い当てられ、驚いて振り返ると、フェリクスはサンルームのソファに腰を下ろして目を伏せていた。なぜ顔を見てもいないのにわかるのだろう。

「ううん、平気よ」

　気づいてほしくないことは言い当てるくせに、肝心なところには気づかない。いつになったら肌をさらしていることに気づいてくれるのだろう。抱いてくれるのだろう。

ポールに兄妹の情交を見せつけてから、一度もフェリクスと体をつなげたことはない。彼はもうレティシアを女性として見ていないのだろうか。

「今日、父に呼ばれたらしいね。なにか言われた?」

フェリクスにもある程度知らされているらしい。隠したところで調べればわかることだから、レティシアは素直にうなずいた。

「縁談だったわ」

相手はアルベール家ほど大きくないが、それなりに名が知られている新興の富豪だ。条件は悪くない。真剣に将来を考えるならば渋っている場合ではない。レティシアが年を重ねるにつれて、いい縁談は減っていくのだから。

相手の名を告げると、フェリクスも聞いたことはあったようで、ふうんとうなずいた。

「父も真面目に探してくれてるんだな。いい条件だと思うよ」

フェリクスにも認められたことで、心に重いものが沈んでいく。レティシアが自身のためを思うなら受けるべきなのだ、という意識が強まってしまうから。

もし母がアルベール家に入らなければ、レティシアは今でも労働者階級として厳しい生活を送っていただろう。母を亡くしてからは道端で花売りをしていたかもしれない。いずれ体を売ることになり、好きでもない相手に純潔をささげる日が来ていたかもしれないのだ。

だから富豪との見合い話が出る時点で、自分には過ぎたる幸せだと受け入れなければいけない。でも。

　レティシアはフェリクスの隣へ腰を下ろした。彼の手に触れて肩にもたれかかる。

「わたし、断るわ」

　彼の顔がこちらへ向けられる気配があった。おだやかな日差しが素肌の上をなでていく。不道徳で退廃的な時間は今のレティシアにとってなにより心安らぐものだった。

「今までもずっと断ってきたのよ。今さら結婚なんて考えてないわ」

「レティ。将来はどうするつもり？」

　自分でも幾度となく考えたことだった。覚悟はできていたはずなのにフェリクスから問われると、心臓が細く鋭い蔓に締めつけられていくような苦しさに襲われる。

「ずっとここにいたらダメ……？」

　世間の目を考えたら、許されるはずがないことはわかる。兄妹がそろって結婚もせず薔薇屋敷へこもっていたら、今はよくても十年、二十年と経過したときに邪推する人間が現れるだろう。社会とのつながりを持っている限り、また持ちたいと願う限り、世間の目からは逃れられない。

「ねえレティ。キミは本当にそれでいいの？　幸せになりたいとは思わない？」

「……わたしの幸せってなにかしら」

　自分の幸せは自分で決めたい。かつてフェリクスがレティシアを親戚の家へ預けると言い出したときにも考えたことだった。

堕ちていきたい。ふたりでならば不幸が渦巻く闇のなかへ堕とされても構わない。

「レティの籍を、アルベール家から抜いておいたほうがいいのかもしれないな……」

彼はまだ、レティシアをどこかへ預けようと考えているのか。独り言のようにつぶやかれた兄の言葉を、あえて聞こえなかった振りをして唇をふさいだ。彼の唇は冷たかった。以前ふたりだけで秘密を抱えていたころのように、彼の肌に熱を灯らせたい。どうしたらできるのだろう。

「ここにいたい。フェリクスと一緒に」

「本当にいいの？　後悔しない？」

彼の青灰色の瞳が視界に入る。相変わらず交わることはないが、瞳の奥には真剣な色が揺らめいているのがわかった。

ただの談話の延長にある問いかけとは、一線を画す言葉であることくらいは理解できる。安易な気持ちでうなずいたら取り返しがつかなくなる。肯定したら戻れなくなる。短くはない時間フェリクスといて、肌が、本能が感じていた。

それでもレティシアの答えはひとつだ。

「ええ。フェリクス以外に一緒にいたいと思える人なんて、いないから」

彼が息を呑む気配があった。目は相変わらず伏せられたままだったが、端整な顔に浮かびあがった表情は驚きをにじませていた。

レティシアはなにも言えない。自分は思いを告げた。対してフェリクスがなんと答えるのか怖くて息をすることも忘れていると、レティシアの細い手を彼の大きな手が覆って握りしめた。彼がゆっくりとほほ笑む。

「僕もだ」

答えを聞いた瞬間、レティシアの胸にあたたかいものが込みあげる。長いこと待ち望んでいた願いが叶えられて、心地いい終着点にたどり着いた。これ以上に自分を満足させるものはない。

もう言葉はいらなかった。レティシアが口づけるとフェリクスも応じてくる。やがて奪うような口づけへと変わって唇に歯を立てられた。

流れ込んでくる。ふたりの想いが混ざって溶けあう。呼吸さえままならなくなって、唇が離れた隙に息を継ぐと、レティシアの口から甘ったるい声が漏れた。

「ん……は、ぁ……」

妙だ、と思う。

フェリクスと離れたくなくて、今やっとの思いで気持ちを伝えて口づけにいたったはずだった。

渇望していたのはレティシアのほうであるはずなのに、実は真逆だったのではないか、とさえ思わせる、熱にあふれた口づけだった。

吐息だけでなく、文字どおりすべてを奪ってしまいそうなキスは、レティシアとは比べものにならないほどに切望していた証ではないだろうか。

けれど一瞬脳裏をかすめた疑問も、口づけによって脳内に蓄積しつつある熱に溶けて消える。

しばらくしてようやく唇が離れて、レティシアが酸素を求めて息をついていると、ソファに組み敷かれた。首筋に吸いつかれて、一瞬で平衡感覚を失って目が眩んだ。血をすべて吸われていくような感覚に襲われる。

お互いの肌に熱が灯るのはすぐのことだった。夢中で口づけあい、唇を割られて舌が絡み合う。深くなっていくにつれてレティシアの思考が熱で侵されていく。手のひらが重なり、ふたりの指が組み合わされる。行き場のない熱が指先を通してフェリクスのなかへ流れ込んでいく。

「フェリクス……」

名前を呼ぶたびに、応えるようにフェリクスによっていたるところへ口づけが落とされる。首筋から鎖骨にきたところで、彼の手がレティシアの腰のあたりに触れた。

するとその手がとまって表情が一瞬固まる。レティシアがドレスを脱ぎ捨てて肌をさらしていたことに、今さらながら気づいたようだ。

「レティ。キミは……」

呆れたようにつぶやかれた言葉に、レティシアは戸惑いがちに応じる。

「気づかないフェリクスが悪いのよ。最近ではずっとこうしてたのに」

「誰にも見られてないだろうね？」

「平気。いくらなんでも屋敷に人がいるときには、脱いでないから」

「まったく……今度から毎回たしかめないといけないな」

小さな笑い声とともに耳に口づけられる。なぜか耳朶へのキスは唇や頬へよりも官能の熱を色濃く持っている。舌でなぞられていくたびに体の芯が熱を持って、下腹部が甘く痺れるのだ。

レティシアはこぼれる愉悦をごまかそうともせずフェリクスの耳元へと顔を近づけると、白い耳朶に軽く歯を立てた。

『たしかめて。毎日でも』

彼の耳朶に、あえて声にはせず唇の動きだけで告げた。直後ソファに押さえつけられて、唇をふさがれる。呼吸ごとすべてを奪われそうだ。

レティシアを組み敷くフェリクスの頬を、ガラス張りの壁から差し込む陽光が明と暗に塗りわける。光を浴びても、濃い青灰色の瞳にはなんの感情も浮かびあがっていないが、普段よりも熱を含んでいるように感じる。

対して翳っているほうの目は、真冬の海を連想させる。冷たい冷たい深海、常闇。

レティシアは彼の背に腕をまわすと目を閉じた。もういいのだ。ふたりの視線が永遠に重なることがなくても、光さす日が来なくてもいい。

彼の手を取ると選んだ時点で、誰もが祝福してくれる健全な道から外れているのだ。今さらまっとうな道を望んだりしない。

目を閉じると、フェリクスの肌の質感や体に落とされる口づけ、溶けあう体温がより鮮明に伝わってくる。サンルームに差し込む光が肌に触れる様までが、感じ取れた。

「んっ……ふ、あっ……」

裸の胸に口づけられて甘い声が唇からこぼれる。直接的な肌の触れあいはものすごく久しぶりだ。熱くて甘くてたまらなくなって、レティシアが身をよじると、傍らのテーブルに置かれていた一輪挿しが倒れて、薔薇と水がこぼれ落ちた。

「ん……なにか倒れた？」

フェリクスが怪訝な顔をする。目の見えないフェリクスは倒れた薔薇を避けられない。レティシアは薔薇を退かそうと手を伸ばした。

「花瓶が。でも大丈夫、後からわたしが……、っ……」

人差し指の先端に痛みが走る。思わず体を震わせて言葉に詰まったレティシアに、聡いフェリクスはすぐに勘づいたようだった。

「レティ、どうした。破片が刺さった？」

「ううん、花瓶は割れてない。薔薇の棘が残ってたみたいで……」

言い終えるよりも先に棘の刺さったほうの手を取られる。彼は手探りでレティシアの指に一本ずつ触れて、やがて傷を見つけたのだろう。人差し指を口に含んだ。

「ん……っ」

甘く疼いて全身が震えた。頬だけでなく耳までもが熱を持っていく。フェリクスの舌先が傷に触れて、血を舐めとられていくたびに熱く染みていく。

以前、レティシアが彼に同様のことをしたことを思い出す。彼もこんな気分だったのだろうか。心臓が高鳴って、苦しいくらいに打ちつけはじめたころに、指は解放された。

彼の唇と自分の指を結ぶ透明な糸が切れて、濡れた指先が心許ない冷たさにさらされる。一瞬でもフェリクスの体温が感じられないとダメだった。

自分から引き寄せ、もつれ合って唇を重ねる。上半身のいたるところへ口づけられ、うつぶせになったときには背中にも舌を這わされた。

このままでは体が蕩けてしまう、とおかしな不安が湧きあがってきたころに、茂みの奥にある秘所に彼の指が到達した。

「あ、あっ……」

必死で奥歯を噛みしめて抑えていた声が、抵抗の甲斐もなくこぼれ落ちる。そこはまだフェリクスに触れられていないうちから、はしたなく透明な蜜をこぼしていた。

指がかすめただけで、なおその先を期待して、ソファへ伝うほどにあふれている。

「ダメ……汚れちゃう……」

突然猛烈な羞恥がレティシアを襲う。なにも知らず、眠る前に戯れのように触れられていたころとは違う。当時もなんとなく悪いことをしていると感じてはいたが、奥にひそむ意味合いを正確に把握していたわけではない。でも、曲がりなりにも仕事の補佐で世間へ出るようになって、いろいろと知った。フェリクスが自分にしていた行為の意味、罪深さ。

一番驚いたのは、事実を知ってもカケラほども嫌悪感を抱かなかったことだった。本当の意味を理解したときには、胸が高鳴った。偽ることのない本音は、どんな言葉で取り繕ったってごまかしようがなかった。

「あ……ぁ……っ」

フェリクスの指先が敏感なところをなぞっていくたびに、自分でも耳を覆いたくなるような甘い声が漏れた。中心部からあふれた蜜がソファに染みこんでいくのを感じながらも、今さら止められない。

目が薄く開くたびに真昼の陽光を感じた。日が高いうちから兄妹で肌を合わせているなんて、誰かに知られたら軽蔑される。

レティシアが笑いをこぼしていると、フェリクスに頬をなでられた。

「どうした？」

「わたしたち、悪いことしてるなあ、って……非常識だって怒られちゃう。今さらかしら」

レティシアの言葉に応じるように、彼の口にもやわらかな微笑が浮かびあがる。

「なにが正しいかなんて、誰かに決めてもらう必要はないよ。僕たちふたりだけで決めればいい」

フェリクスの言葉は、一見居直りのようでもあり真理でもあった。内側で爛れていた背徳への罪悪感が霧消していく。

「そっか。そうよね」

うなずいた直後、フェリクスの指がレティシアの奥へと沈められる。

「んっ……あ、あ……」

自分の体が彼を求めて離すまいとして、指を締めつけるのがわかる。なんて淫らな体だろう。これが本能なのだ。恥ずかしい気持ちに変わりはないが、抗おうとは思わなかった。

「フェリクス……、もっと」

自分からこんなことを言い出す日が来るなんて思ってもみなかった。けれど閨事に疎くて無知だったころのレティシアはもういない。

「もっと？」

意味は通じているはずなのに、フェリクスが意地の悪い笑みを浮かべる。その表情に煽られた。

「もっと、触って……」

懇願した瞬間、埋められていた指が引き抜かれてしまう。目を瞬いていると膝を割られて、片方の脚を持ちあげられる。状況がわからず呆然としていると、直後濡れそぼったそこに口づけられた。

「やっ……ああっ、あ、あ……」

彼は床に跪いて、レティシアの秘部に口づけている。予想もしなかった事態に腰が逃げそうになっていると、腕で固定されて身をよじることさえ叶わなくなる。

「あっ、あ……ダメ、あっ……ん、んっ……」

自分でもなにを言っているのかわからない。強烈すぎる刺激と快感で混乱していた。熱で目が潤む。ぼんやりとした目で天井を見上げると、見慣れたガラス張りの部屋が映し出される。サンルームには、レティシアのこぼす声と粘液の濡れた音以外のなにもない。

何度目かの嬌声がこぼれたときには、世間に背くことさえ心地いいと感じるようになった。

「あぁ……は、あ……んっ……フェリクス」

夢中で名前を呼ぶ。それに呼応するようにフェリクスも言葉をこぼした。

「僕だけのレティ……」

互いの言葉に意味などない。返事を求めているわけでも、届いてほしいと願っているわけでもない。ただ内側からあふれて止まらないのだ。

フェリクスの手が腰に触れている。逃れられない生《なま》の快楽を与えられている状態で、彼はレティシアの宙をつかんでいた手に重ねて指を絡める。もう我慢できなかった。

「あっ、あ、あぁぁ……んっ……！」

視界が白く焼き切れる感覚とともに声をこぼした。蓄積された熱を解放するために必要だった。

こんな感覚は知らない。果ててしばらくしてもレティシアの頭は霧がかかったようにあいまいだった。

額ににじんだ汗を上腕で拭う。乱れた呼吸を整えていると、体にフェリクスの重みを感じた。ソファの上に組み敷かれている。フェリクスは太陽に背を向けているため、姿が翳って表情まではわからない。でも髪をなでてくる指先はやさしかった。

「レティ。どうする？　部屋へ行く？」

「ううん……ここで欲しい」

心からの言葉だった。だからどれほど恥ずかしい台詞を吐いたのだとしても、恥じるつもりはない。

「レティ……」

レティシアの目にはいつになく余裕を失った彼の表情が映った気がした。ガラスに反射した光が目を射し、レティシアの視界が眩んでいたから見間違いだったのかもしれない。

熱を持って蕩けたレティシアの入口に、彼の切っ先があてがわれる。少しの不安に息を詰めたのは一瞬のことで、すぐに最愛の人と触れあえることへの喜びに塗り替えられた。

「あ……あっ……フェリクス」

彼はレティシアに気遣うように、ゆっくりと腰を沈めてくる。指とは比べものにならないほどにたくましい雄に貫かれる悦びで、さらに締めつけてしまう。

こらえていた息を吸って気をゆるめた瞬間、完全に最奥まで埋められた。愉悦の声をこらえているとフェリクスがレティシアの頬にかかる髪を避けた。

「レティ……これで本当に、僕だけのものだ……」

無意識のうちに閉じていた目尻から、熱いものがあふれた。レティシアはたった今、フェリクスのものになった。体だけではなく、心まですべてが受け入れられた。精神の純潔を散らして大切な人だけのものになる。このうえなく甘美な事実だ。

「ああ……フェリクス……」

熱に侵されたレティシアは、夢中で彼の名前を呼ぶ。口づけ、触れあい、お互いに相手を貪る。結合部から漏れる水音がレティシアの羞恥を煽り、それが官能へと結びつく。

苦しいほどの接吻を繰り返しながら体を起こす。組み敷かれ睦みあっていた体勢から、座ってお互いの顔が見える状態へと変わっていった。以前ならば顔を見られるのが恥ずかしくて、こんな体位はできなかったが、今はもっと恥ずかしい体勢でもフェリクスに求められれば応じられそうだった。

奥を突かれる。限界が近い。まともに物事を考えられない。レティシアの唇はただ悦楽の熱を逃がすためだけに喘いでいた。ふいに、手にふわりとやわらかなものが落ちる。

先ほど倒した花瓶に活けられていた薔薇だ。手のひらでひねると茎《くき》が折れて白い胸元にこぼれ落ちる。心臓に薔薇が咲いたようだった。真っ赤な花びらがこぼれ落ちて散る。真紅の花が命を散らしていった。

もっと深くつながりたい。律動の速さを増していく彼の腰を、足を絡めて引き寄せた。体だけでなく心の奥まで揺さぶられる。

レティシアの欲が弾けて視界が白く瞬く。目が開けられない、息もできない。直後フェ

リクスも絶頂に達したようで、体内に熱を放たれる。レティシアの嬌声に混ざって、フェリクスが小さく呻きをこぼすのが聞こえた。

ふたり同時に極めた感覚は、レティシアにこのうえない充足感と悦楽を与えたのだった。

＊＊＊

闇がやわらぐ。頭上から降り注ぐ頼りない光は、黒を溶かしてあたたかな世界へと塗り替えられていく。

レティシアの体を囲んでいた生ぬるい水は、気づけば清流となっていて細かな粒ひとつひとつが輝いていた。

あたりを見渡すと、黒と灰色の濃淡しか存在しなかったはずの世界には、すべての色が存在していた。澄み渡った青空、大地の緑、そして遠くには煉瓦《れんが》造りの屋敷が見える。

レティシアは夢中になって駆けていた。足がうまく交互に前へ出せなくて、重いのがもどかしい。体が小さくて自由にならないのだ。

やがてレティシアを、おとぎ話に出てくるような庭園が取り囲む。名前も知らない花が咲き誇っている。なにもかもがはじめて目にするものだった。レティシアは夢中であらゆるものに触れようとした。なかでも白いガゼボのそばにある真っ赤な薔薇に目を引かれたが、背伸びをしても届かない。必死で地面を蹴って飛び跳ねて薔薇を一本手にした。

するとどうだろう。先ほどまで瑞々しかった花があっという間に色艶を失ってしまう。レティシアがなにか悪いことをしたのだろうか。茎を千切ってしまったからいけなかったのかもしれない。

泣きだしそうになって涙をこらえていると、髪をなでられる。

見上げると、背の高い美しい少年が小さなレティシアを見下ろしていた。ため息が出るほどに整った顔を見ていると、わけもなく安心する。彼だけは自分を咎めたりしない。やさしく抱きしめて受け入れてくれると本能の部分が知っているから。

手を伸ばす。小さな手と少年の手が重なりあう。風が吹き抜けて、庭園中の花の甘い香りを運んできた。

「ねえ、レティ」

少年がレティシアの名を呼ぶ。ほかの人たちの呼称とわずかに違うそれは、彼だけの親しみの証だ。

「今日からここがキミの家になるんだよ。気に入ってくれた？」

「うん！」

レティシアは力一杯うなずいた。昨日までの地獄のような境遇が嘘のようだ。ふと大人に頬を張られたことを思い出して震えていると少年に頬をなでられる。白くきれいな手はひなたのようにあたたかい。

「じゃあ、もう今までのことは忘れてしまおう。ここにいる限り必要ないから」

「本当？」

悪夢のような過去から逃げられるのならば、こんなにも嬉しいことはない。レティシアの問いに少年はやさしくうなずいた。

「いいかい？　今日からキミは、僕のものだよ」

「うん」

レティシアは応える。自分よりずっと背の高い少年を、笑顔で見上げて。

『今までのことは忘れてしまおう』

魔法のような一言だった。彼と手をつないで歩いていると、黒い闇の記憶が細かくレティシアの脳からこぼれ落ちていく。もう過去は必要ないのだ。少年と一緒にこの屋敷にいる限り、大人たちに殴られることも踏みつけられることもない。

「さあ行こう、レティ」

手を引かれて歩く。お城のような屋敷のほうへと連れられるのだ。それでも無性に少年の顔を見ていたかったレティシアは、彼の横顔を見つめていた。

「一生、僕だけのものだよ」

「うん！」

強くうなずいた瞬間、少年の青灰色の目が昏く翳ったような気がした。だが幼いレティシアが違和感に気づくはずもない。瞼をしばたかせた次の瞬間には、少年は明るい笑顔になって髪をなでてくれた。

　ふたりが屋敷へ踏み入れると、視界は光に呑みこまれ見えなくなった。


「……レティ」

「……ん」

「レティ」

　やさしげな声が聞こえる。差し出された手を握りしめると、眠りの淵《ふち》から現実世界へと連れ戻された。

　目を開けると最愛の人のほほ笑みが見えた。夢を見ていたようだ。白昼夢のようなのにとても懐かしい。あれはたしか、フェリクスに連れられてアルベール家を訪れた日のものだった。

　夢のなかで長年レティシアを苛み続けていた闇は、思い出の光に呑みこまれた。なんとなく、もうあの闇の夢は二度と見ないような気がする。

「フェリクス」

　握りしめられていた手をつかむ。今日、彼は夕方まで戻らないはずだったと思い出してあたりを見渡すと、日差しにあふれていたはずのサンルームは夕闇に覆い尽くされていた。

「こんなところで寝てると、風邪引くよ」

「いつの間に寝てたのかな」

レティシアは目をこすると起きあがる。

一週間ほど前に、フェリクスとサンルームで心身ともに深く結ばれてから、満たされた日々を過ごしていた。

彼に手を引かれるままに庭園に出る。眠っていると肌寒かったのに、外気は意外にも心地いい温度を保っていた。

茜色の西空には、ぽつりぽつりと星が描かれはじめている。空の天辺はすでに濃紺に呑まれていて、欠けた月が空に穴をあけていた。

フェリクスは庭園のなかほどにあるガゼボで足を止める。

「あ……」

レティシアは思わず声を漏らした。フェリクスが立ち止まったところは、はじめて本邸に連れられたとき彼と手をつないだ場所に似ていた。偶然か必然か知らないが、レティシアの顔は自然とほころぶ。

「今日はね、これを取りに出かけていたんだ」

フェリクスが取り出したのは、薔薇をモチーフにした小さな小箱だった。蓋を開けると、赤い薔薇と同じ色をした大粒の宝石を乗せた指輪がふたつ並んでいる。

宵闇が迫っているはずなのに、ガゼボの周辺が明るくなったかと錯覚するくらい、目映い輝きを放っていた。

「これ……」

「受け取ってほしい」

静かな声だった。

箱の内側には、教会の名が金色の糸で刺繍されていた。この国での結婚は絶対だ。一度指輪を交わしたら、文字どおりどちらかが死ぬまで離れられなくなる。生涯寄り添うという運命が定められるのだ。

フェリクスはレティシアに、プロポーズしているのだ。

「……兄妹なのに、できるの？」

法的に認められるのだろうか。結婚や性道徳に厳しい国であるからこそ基準も厳格だ。兄妹での婚姻が許された例は耳にしたことがない。

おそるおそる見上げると、フェリクスはおだやかにほほ笑んだ。

「レティの籍、抜いておいたんだ」

呆然とすると同時に、レティシアは先日耳にしたフェリクスの言葉を思い出す。

『レティの籍を、アルベール家から抜いておいたほうがいいのかもしれないな……』

自分を突き放すためだと思っていた。こんなにも甘い意味を持っていたなんて、考えていなかった。もともと義理の兄妹で血のつながりはない。籍を抜いてしまえば一旦赤の他人に戻る。結婚するにはなんの障害もなかった。

「レティ。受け取ってくれるかな」

もう言葉はいらない。レティシアがうなずくと、左手を彼に取られる。箱におさめられていた指輪のひとつが寸分の狂いもなく薬指にはめられた。もうひとつはレティシアの手で、彼の薬指へとおさまる。

フェリクスはレティシアに顔を近づけると、額に口づけた。宵闇のなかで薔薇が風に揺られる気配がした。

しばらくしてそっと体が離される。フェリクスの双眸はやはり虚空へ向けられていた。

レティシアはもらったばかりの指輪に触れる。これ以上にない愛の証は、レティシアの心をかつてないほどに満たしていたはずだった。

でも、完全とは言いがたい。いつから自分はここまでわがままになったのだろうか。叶わないことを願ってしまうのだ。いつの日かまたフェリクスと視線を絡ませたい、と。

仄暗い青灰色の瞳にとらえられ、身動きもできないほどに縛りつけられたい、と願ってしまうのだ。

彼の瞳を求めている。強い輝きを秘めて、見るものを蕩かせてしまうフェリクスの双眸を。光が失われた日からずっと。けれどこの気持ちだけは彼に知られるわけにはいかなかった。

でも。もし彼が以前のままであったとして、今ここにレティシアはいただろうか。

フェリクスは侯爵令嬢と結婚していただろう。彼を失ったレティシアも、いずれ諦め、義父に勧められた見合いを受けていたことだろう。

ふたりの未来は真っ二つに割れていたはずだった。つなぎとめたのはほかでもない、あの事故なのだ。彼が光を失ったことでレティシアの手の届くところにいてくれる。これ以上願ったら罰が下ってしまう。

自分に言い聞かせるようにうなずいて顔を上げると、青灰色の双眸がレティシアをとらえていた。

心臓が音を立てる。

偶然向けられただけだとわかっていても、数年ぶりに絡み合う視線に震えを抑えることができなかった。

視線が縫いつけられて目をそらせない。指の先さえ動かせなかった。体だけではなくて意識も魂も、すべてを持っていかれそうだ。

彼の目は、見るものを惹きつける強い光をたたえていた。今夜だけの夢でいい。妖艶な彼の瞳に酔いしれていたい。

手のひらを重ね合わせ、指を交互に絡めると背伸びをして口づける。束の間の闇と静寂。

次に瞼を開けたときにも彼の視線にとらえられていたいと願いながら、レティシアはそっと瞳を開いた。

第七章

　フェリクスとレティシアが結婚したという知らせがポールのもとに届いたのは、日差しのおだやかな正午過ぎのことだった。にわかには信じがたく呆然とするポールを残して、使いの者は去っていった。いったいどういうことか。

　兄妹が結婚できる方法はさほど多くはない。血のつながりがないことを考えると、レティシアの籍を一旦アルベール家から除いて、正式にフェリクスと入籍したと考えるのが自然だろう。だが。

　仮にも幼少のころから兄妹として育ってきたふたりの婚姻を認めるほど、世間は甘くない。おそらくポールにしか知らせは届いていないだろう。結婚の知らせにしては粗末な書面であることが、すべてを物語っている。

　ふと脳裏に、最後に薔薇屋敷を訪ねたときのことが過《よ》ぎる。あのときフェリクスが見せた微笑が時折瞼の裏によみがえることがあった。あれは予兆だったとでもいうのか。

居ても立ってもいられなくなったポールは、アルベール家本邸へ馬車を走らせた。フェリクスがなにを考えているのかわからないならば、彼をよく知る人に話を聞く必要がある。

今さらポールにできることはない。この国の結婚制度は絶対だ。文字どおり『死がふたりを分かつまで』離れることは許されない。不倫は大罪。古き時代からの法律が未だに改正されていないため、不貞は極刑または終身刑だ。運がよくても国外追放と厳しく処されることになっている。レティシアが生きてフェリクスから逃れる術は、もうないのだ。

ただ、彼がなにを思ってレティシアを娶ったのか知りたい。一度は本気で恋した女性が、荊の蔓に搦め捕られて底なし沼へ引きずられていく様を、指を咥えて見ていることはできなかった。

ポールはフェリクスの父親に、幼いころからかわいがってもらっていた。親同士が親しかったこともあり家族ぐるみで付き合いがあったため、接点も多い。病床に臥してから見舞うこともあったが、ここ数年は不義理が続いていた。

久方ぶりの訪問に気まずい思いはあったけれど、躊躇している暇はない。使用人にアルベール氏を見舞いたいと申し出ると、すぐに室内へ通してくれた。

一見簡素だけれど重厚な造りのベッドに、フェリクスの父であるアルベール氏は横たわっていた。厳しくも品のある、貴族階級の紳士としての印象を崩すことのなかった彼だが、今は長年の闘病生活のせいか、やつれて顔からは肉が落ちて骨ばっていた。

「おじさん、ご無沙汰しております」

「ポールか。久しぶりだな」

医者によると今日は調子がいい、とのことだったが声はかすれて弱々しいものとなって

ポールは久しぶりに会う友人の父親と、近況報告など一通りの会話を交わすと、タイミングを見計らって本題に切り込んだ。

「実はおじさん、今日は話があって来たんです」

「キミが私に改まってどうした。フェリクスのことか？」

言い当てられて一瞬言葉に詰まるが、汲み取ってくれているのならば話は早い。ポールがうなずくとアルベール氏は視線を天井へと向けて息をついた。

「ポールとフェリクスの付き合いも、長いものになるな。息子のことはいろいろと気がかりがある。私も先は短い。答えられることならばなんでも話すよ」

アルベール氏が腹の上で組む手には、この国が認めた結婚指輪が静かに光っている。彼はどこまでフェリクスの考えを知っているのだろうか。

「フェリクスの結婚についてです」

「なに？」

アルベール氏は予想もしていなかったというように顔をポールに向けると、わずかに苦しそうに眉根を寄せた。

「おじさん、大丈夫ですか？」

「平気だ。それより続けてくれ。フェリクスの結婚?」

　まさか彼は、息子の結婚を知らないのだろうか。

「フェリクスから結婚の知らせが届いたんです。相手は……」

　いくらなんでも義妹であるレティシアだと告げるには、ためらいがある。ショックで病状が悪化してしまったら責任が取れない。ポールが口ごもっていると、アルベール氏は諦念したように息をついた。

「まさかとは思うが、レティシアか……」

　まさかと言いつつも彼の目は確信しているようだった。思うところがあったのだろうか。ポールが答えられないでいると、無言を肯定と受け取られたようだ。

「私は、いつかこんな日が来ると思っていたよ」

「おじさん……」

「そうなると、私が話せることは限られてくるな」

　アルベール氏はベッド脇にある棚の引き出しを開けると、鍵を取り出した。

「この鍵をキミに預けよう」

　ポールが鍵を受け取ったところで、アルベール氏は激しく咳き込んだ。

「お、おじさん!」

　途端に部屋の外から医者がやってきて処置にあたる。傍らでポールが狼狽していると、しばらくして発作がおさまったのか、彼は息をついた。

「その鍵で、本館にある私の書斎の机を開くといい。私が知っている限りのことは覚書として残してあるつもりだ」

「覚書?」

「そうだ。当時は深い意味もなく書きとめていたものだったが、今思えばいつかこんなときが来ると思っていたのかもしれないな」

アルベール氏にも思うところがあったのかもしれない。それをポールに託してくれたのだ。

「ありがとう……おじさん」

ポールが頭を下げても、彼は先ほどの発作で体力を使い果たしてしまったのか、あいまいにうなずくだけだった。

ポールは、アルベール氏が療養していた棟を出ると本館へと向かう。家主不在時に他人の書斎へ足を踏み入れるのはいい気分ではなかったが、許可は得ているのだから今回は構わないだろう。

幸い屋敷内で使用人に鉢合わせることもなくたどり着くと、書斎の扉を開けた。薔薇屋敷にあるフェリクスの書斎は、アルベール氏のものと造りが似ている。意識して真似たのだろうか、などと考えながら机に近づき、渡されたものを鍵穴にさした。ぴったりおさまったそれは、小気味いい音を立てて引き出しの錠を解いた。許可されているとはいえ、他人の机をあさるのは罪悪感を振り払えない。なかに入れられていたものは、現在流通している書籍ほどの大きさの、古い日記帳だった。

傷つけないよう一枚ずつ丁寧にめくっていく。内容はアルベール氏の私生活が主で、記されている日付は十数年前のものだった。大半の内容はポールには難しくて理解できないものだったが、拾えるところは拾って目で追っていく。

フェリクスの名前が出てきたところでは、思わず文字を追いなおして口頭で読みあげていた。

フェリクスは幼いころから神童と呼ばれるにふさわしい才覚を発揮していて、学業のみならず商売の場でも同様だった。アルベール氏も最初は子どもの言うことだからと軽く聞き流していたのだが、試しに息子の言うとおりにいくつか投資をして事業を進めてみたら、面白いほどに当たった。

フェリクスの仕事の才は幼いころから無視できないものだったらしい。日記の文章はあくまで淡々と綴られているが、アルベール氏の戸惑いと感嘆が行間からにじみ出ている。

アルベール氏はいつからか、フェリクスを学業の合間に仕事にも同行させるようになる。ある程度の年齢になると、跡取り息子に学業より仕事の現場を見せることを優先させる経営者は少なからずいるが、それにしても当時のフェリクスでは幼すぎるのではないか、という印象をポールは受けた。

自分は未だに父親から半人前の扱いを受けている。フェリクスはわずか十歳ほどでアルベール氏に一目置かれて大人の世界を垣間見ていたのだ。自分と彼とのあまりの違いに落胆する。しかし彼への劣等感に今さら苛まれても仕方がない。ポールはため息をつくと頁の続きをめくった。

アルベール氏は将来有望な息子を他人に褒められるたびに、鼻が高かったようだ。アルベール氏自身も会社を拡大させてきた自負はあるが、散々失敗し、学んでもがいてきた結果だ。運に助けられた部分も大きい。息子には間違いなく非凡な才能がある。平凡な人間が努力では及ばないところにまで、軽く到達してしまうなにかがあった。

そんなある日、アルベール氏は気まぐれでフェリクスを孤児院へ連れていった。依然として貧困層の生活は厳しく、親を持たない子どもはこの国に大勢いる。また親がいても子どもを抱えての生活が厳しく、やむなく孤児院へ預けられている者もいた。

アルベール家はいくつかの孤児院に寄付をしている。こうした活動は貴族の間では珍しいことではない。社会の仕組みを知るうえで少しでも有益になると判断したところへは、都合がつく限りフェリクスを連れていったのだ。

アルベール氏のなかでは、それだけで終わるはずだった。よもや息子がそれから頻繁に孤児院へ足を運ぶようになるなどとは思ってもいなかった。

「まさか……」

ポールは日記帳を手にしながらつぶやく。頭にはひとつの予感が芽生えていた。次の頁をめくって確信に変わる。

フェリクスは孤児院を訪れるたびに、ひとりの少女と過ごしていたという。それは孤児院の子どもや大人たちの話で明らかとなった。少女の名前はレティシア。いつフェリクスと面識を持ったのか知らないが、ずいぶんと仲良くしているらしい。

学業に問題がないうちは黙認しよう。そう考えていたアルベール氏に、フェリクスはある日少々驚くべき話を持ちかけてきた。

レティシアをアルベール家の子として引き取れないか、と言うのだ。アルベール氏はすぐさま撥ねつけた。孤児院の子どもひとりを特別扱いすることはできない。寄付して手助けをすることはあっても、引き取るとなれば話は別だった。

もっとも大人の事情を子どもに話してもわからないだろうから、できない、ということだけを伝えた。フェリクスが頼みごとをしてきた記憶はほとんどない。親の言いつけを守り優秀な成績を残している息子の願いを聞いてやりたい思いはあったが、現実問題として難しい。

説得をすると、フェリクスは悲しそうにアルベール氏を見上げてきた。少女が今のまま孤児院にいたら死んでしまう、と言うのだ。冗談を言っているようには見えなかった。事実、孤児院では職員による虐待や育児放棄が問題になることがあり、子どもが命を落とすことは珍しくない。

フェリクスは続けた。

あの子は日々満足に食事もしていない。泣きたいときに泣くこともできない。怒られるからと。ひどく強く言い聞かせられているみたいで、この前も体に痣があった。

そう彼は懸命に話す。たどたどしい口調ではあったが精一杯少女の不遇を伝えようとしていた。

どの孤児院もだいたいが資金難であり、世間の目が行き届きにくいところにある。重々しい門が閉ざされた向こう側で、職員である大人が孤児たちになにをしていようと、知られることはない。

子どもたちのなかでも繊細で気弱そうなレティシアという少女が、想像もできないほどの過酷な境遇に置かれていたとしても不思議ではない。

ただフェリクスは学校でも家庭でも、誰かにこだわることは今までになかったから、単純に驚いた。

先日、孤児院でレティシアと過ごしていたときの息子の顔を思い出す。滅多に笑うことのないフェリクスが久しぶりに年相応の表情をしていた。

彼は生まれたときから競争社会に身を置いていた。子爵家の嫡子として厳しい教育を受け、常に誰かと競い蹴落とすことを強いられていた。そんな彼にとってレティシアの隣は、はじめて素の自分でいられる場所だったのかもしれない。

だがどう考えてもレティシアを引き取ることは不可能だった。階級意識が根強い社会だ。養子にしたところで、世間はレティシアをアルベール家の人間だと容易には認めないだろう。彼女自身がつらい思いをするかもしれないのだ。

そう言い聞かせると、フェリクスは悲しそうにしていたが、ややして静かにうなずいた。このときばかりは、どこまでも聞き分けのいい息子が不憫に思えて仕方なかった。

「ま、この程度で諦めるタマじゃないわな」

ポールは文字を目で追いながらひとりごちる。幼少のころのフェリクスがなにを思っていたのか想像する。こんなころからフェリクスは、レティシアを近くへ置いておくために計画を練っていたのか。度を超した執着を感じて、背筋に薄ら寒いものが込みあげる。続きを読めばきっと、どんな手でレティシアをアルベール家へ引きこんだのか答えが書かれているだろう。

少しの恐れと一握りの興奮を抑えながら、ポールは次の頁へと指をかけた。

それからのフェリクスも実に優秀だった。学業はもちろん常に首席で、事業面でもアルベール氏にとって欠かすことのできない右腕となっていた。ここぞというところでアルベール氏が助けられることは珍しくなく、彼のほうがよほど能力は上だと思わせる。

そんなころ国内に流行り病が蔓延した。異例の死者数を出した病は王都近郊にまで蔓延り、上流階級や貴族にとっても脅威となった。

公私ともに忙しくて疲れが出はじめていたころに、フェリクスは唐突にアルベール氏を呼び出した。顔面は蒼白で彼が底知れぬ苦しみを抱えているように見えた。

どうしたと問いかけると、彼は震える目でアルベール氏を見上げて腕にすがりついてきた。今から行くところへついてきてほしい、と。

息子に言われるままにアルベール氏は馬車に乗った。どこへ行くのかと問うても、道中フェリクスが口を割ることはなかった。やがて王都から離れた田舎町に差しかかり、一軒の小さな家の前でフェリクスは馬車をとめた。

彼は言った。なにも聞かないでこの家のドアを開けて、入ってみて、と。訝しみつつもアルベール氏は言うとおりにした。息子の動揺ぶりが尋常ではなかったこともあり、自身も平静ではいられなかったのだ。まだ十代の息子に自分はどこか依存しているのかもしれない。情けないと思いつつも深く考えることなく家の扉を開けた。

そこで目にしたものは生涯忘れられないだろう。フェリクスの生みの親であり、自身の妻でもある女性が、見たこともない小汚い男と寝室で情を交わしていたのだ。

淑やかで貞淑だった妻は、見たこともないような形相で焦って言い訳をしてきた。しかしアルベール氏は呆然としつつも目の前の光景を冷静にとらえた。

そこから離婚に至るまでは早かった。不倫は大罪とされるこの国であっという間に彼らは裁かれ、妻は国外追放、相手の男は終身刑になったのだ。

会社にかまけて妻を構ってやれなかったことは事実だ。妻はいつしか家に寄りつかなくなっていた。だが今の世で軽々しく不貞行為などできるものではない。『ないもの』として可能性を排除していたため、気づかなかった。

妻の裏切りが思った以上に精神に響いていたのだろうか。間もなくしてアルベール氏も流行り病にかかり、病床に臥すこととなったのだ。

アルベール氏が事業の場へ赴くことが厳しくなってからは、フェリクスは単身動いていた。だがまだ十代のフェリクスではいくら頭が切れようとも、相手にしない連中も多かった。そこで息子はアルベール氏の弟であり、彼の叔父である男を代理人として立てるようせがんできた。

優秀な息子の行動を目の当たりにしてきたアルベール氏は、一抹の不安はあったもののフェリクスに任せてみようと考えた。どの道自分はすでに第一線には出られない病気の身だ。息子にすべてを譲る日は遠くない。

最終決定がアルベール氏に委ねられているだけで、フェリクスひとりでも十分に会社はまわるようになっていた。彼はまわりの人間をうまく使うのだ。生まれながらにして人の上に立つ資質がある、と認めざるを得ない。

そうして彼に事業を任せて、彼なしでは会社が成り立たなくなったころに、フェリクスはおだやかな笑顔でアルベール氏のもとを訪れた。

父さんお願いがあるんだ。フェリクスはほほ笑みをたたえたまま告げた。息子になにかをねだられたことは、記憶にある限りでは二度目だ。けれど今、アルベール氏は病床の身で、できることは限られている。

続きを促してみると、彼は年齢よりも幼く見える無邪気な笑顔でこう言った。

再婚してほしい、と。

フェリクスは今、将来について悩んでいるという。会社を継ぐか、単身外国へ行って好きなように人生を送るかの、どちらかで迷っているらしい。

当然息子が跡継ぎになるものだとばかり思っていたから愕然とする。だがフェリクスは、アルベール氏が外国行きなんて許さない、と言うよりも先に言葉を続けた。

でも父さんが僕の言うとおり再婚してくれたら、会社を継ぐことを約束するよ、と。

言い終えた彼は目を細めると口元に微笑を乗せた。

ようやくアルベール氏にも、フェリクスの言いたいことが理解できた。取引を持ちかけているのだ。再婚するなら会社を引き受ける。だが断るなら今すぐにでも出ていく、と。

取引なんてかわいらしいものではないかもしれない。一種の脅迫だ。

会社をつぶすわけにはいかない。アルベール氏が築きあげた大切なものだった。フェリクスが跡継ぎになる以外の道を考えたことがなかったアルベール氏は混乱するが、どの道自分は長くはないと思われる。

形ばかりの婚姻で息子が満足してくれるのならと思う一方で、財産目当ての人間にフェリクスが騙されているのではないか、という懸念もあった。

詳細を問うと相手は労働者階級の女性で、夫や親兄弟は一切ないという。幼い娘がひとりだけいるらしい。

女性とその娘に会わせるよう要求したアルベール氏は、対面の席でようやく息子の思惑を知ることとなった。


「は……そういうことかよ」

ポールはようやく、フェリクスという男の性質を理解しはじめていた。

日記帳を持つ手が震えている。手のひらに汗がにじむ。ポールは固唾を呑んで続きの頁へと指をかけた。


結論から言うと、アルベール氏は息子が連れてきた母娘を迎え入れた。娘としてレティシアを紹介されたとき、ようやくフェリクスの目的を悟ったのだ。

新しい妻となった女性は前の夫を亡くしてからは貧しい生活を強いられていて、娘を孤児院に預けてひとりで働いていた。女性が働くには、やさしくない社会だ。相当な苦労をしたらしかった。

レティシアの母とアルベール氏は、指輪を交換して婚姻の手続きをした。その夜フェリクスを呼び出して問いかけた。これで満足か、と。

彼は満面の笑みで、ありがとう、父さん。とだけ答えて部屋を後にした。

日記帳の、フェリクスに関するところだけを大雑把に目を通し終えたポールは、脱力するとともに、深いため息をついた。

「なんてやつだ……」

自分はもしかしたら、とんでもない底なし沼に片足を突っ込んでいたのかもしれない。軽い気持ちで底を覗こうと身を乗り出したら最後で、呑まれて二度と光を見ることはなかっただろう。

身震いして日記帳を閉じると、元あった場所へおさめて引き出しの鍵を閉めた。

終章

静かな廊下に固い足音が響く。それが近づくにつれてポールの内側を蝕むものが増幅していくように感じ、嬲り者にされているような気分だった。

足音は一人分。ポールはアルベール家本邸の応接室にいた。ゆっくりと澄んだ音がより鮮明になって、主が間近にきたことを示している。やがて、部屋の前で立ち止まる気配があった。

扉が開く。現れたのはフェリクスで、昔と変わらないやわらかなほほ笑みを見せる。視線はポールへまっすぐに向けられていた。彼の濃いブルーグレーに見つめられているとなにかが吸い取られてしまうと錯覚するほどに、引力のある瞳だった。

「フェリクス……」

「やあ、ポール。今日は来てくれてありがとう」

今日はフェリクスの父親であるアルベール氏の葬儀だった。彼は己の死期を悟っていたのだろうか。ポールに日記を託して数日が経過した朝、永眠した。今後アルベール家はどうなるのか。

「いや……」

葬儀にふさわしい定型句ならば、式がはじまる前に告げた。それよりも伝えたいことがあって、ポールはフェリクスを呼び出したのだ。

拭いきれない違和感があった。前回最後に顔を合わせたときにもわずかに肌で感じ取っていたのだが、正体に気づくことはなかった。もしかしたら彼は。

「おまえ……目が見えてるのか?」

ポールの声は震えていた。震える四肢をごまかしながらフェリクスに詰め寄る。彼は付き人も杖も持たずここへ来た。慣れた屋敷だから手探りでたどり着いた、などという言い訳が通用しないほどに迷いのない足取りだった。ポールが近づくと、彼は問いかけには答えず唇を曲げた。

いつか見たものと同じ、こちらを凍りつかせるような嗤いだ。口元から覗いた白い歯を目にしたポールは、冷静さを奪われ彼に殴りかかった。そして、あの事故が起きたのだ。

「それでポール。用事はなんだ? 呼び出しておいて目のことを問い詰めに来たのか? 葬式の後で忙しいんだけどな」

答えるつもりはないらしい。だがポールの表情を目で追い愉しそうに笑う様子を見ていると、見えていないという言い訳は信じる気にもなれなかった。

「いつからだ……？　いつから見えてた？」

フェリクスの端整な顔には、歪んだ微笑はすでにない。昔からよく見せていた、心の底までは見せないおだやかで美しい表情が覆い尽くしている。

彼はたしかに失明していた。あの事故は紛れもない現実だったのだ。どこかでフェリクスを疑っていたポールは、医者を訪ねて検査結果の詳細を取り寄せた。医者の検査を再三受けても、光が戻る可能性はほとんどないと言われていたはずだ。なのになぜ。いつから。

ポールの脳内を疑問符がめぐる。彼が答えない限り正解にたどり着くことはないとわかっているから、質問をやめられなかった。

「おい、答えろよ！」

「キミの想像にお任せするよ」

フェリクスは笑みを崩さず言い放つ。

「おまえ……」

「仮に僕が今、見えていたとして。キミはどんな顔をしているのだろうね。想像すると面白いよ」

拳を握りしめる。怒りに任せて振りかぶったことであの悲劇が起こったと思うと、安易に暴力に出ることはできない。必死で押さえつけているとフェリクスは続けた。

「運は最後まで、僕の味方をしてくれたんだ」

歌うような軽やかな声色だった。こんなふうに話す彼をポールははじめて見た。震える拳を握りしめながらにらみつける。フェリクスは動じる様子もなくほほ笑んでいた。

「おじさんの日記を読んだ……」

「おじさん？」

「フェリクスの親父さんだ」

だからどうしたと言いたげにフェリクスが首をかしげる。

フェリクスは立ち話に疲れたのか、近くのソファに腰を下ろした。長い足を持て余すように優雅な仕草で組むと、頬にこぼれた髪を指で払う。薬指の赤い宝石が光った。

「キミも座れば？」

着席を促されてポールは顔をしかめるが、うなずかなければ話の腰は折られたままだ。渋々従って腰を下ろすと口を開いた。

「おまえはレティシアを施設からこの家に引き取るために、ずいぶんと大仰な計画を練っていたらしいな」

「ふーん？」

彼は否定も肯定もしない。話だけは聞いてやる、と言われているようで不愉快だったが、ポールは自分で導き出した答えをフェリクスへぶつけなければ気がすまなかった。

「仕事で父親の信頼を得て云々はまあいい。だがひとつだけ疑問があるんだ。当然ながらおじさんには妻がいた。おまえの生みの親だ」

ポールの言葉に軽い調子でフェリクスはうなずく。奥歯を噛みしめながら続けた。

「おまえのおふくろさんの不倫は、どこまでが偶然なんだ？」

「どこまで、というと？」

フェリクスは冷たい色の瞳をまっすぐに向けてくる。

「自分の母親が不倫していた。だからおまえはおじさんに知らせたのか？」

「ああ。当時僕はまだ子どもだったからな。どうしたらいいのかわからず、泣きじゃくりながら父さんに知らせたよ」

こんな話をしているときでさえ、彼の表情は揺れることがない。寒気を超えた戦慄が込みあげるのを感じながら、ポールは慎重に言葉を選んだ。

「本当に偶然なのか」

できれば口にしたくない言葉だった。仮にもフェリクスのせいで露見したのは彼の実母の不貞なのだ。実の母親を息子が陥れるなんて考えられない。この国で不貞がどんな扱いを受けているかを考えればなおさらだった。

「おまえが仕組んだわけじゃないんだよな……？」

ポールの言葉に、フェリクスは一瞬目を丸くしてから声を出して笑った。

「面白くもない冗談だな。そんなことをポールが言うなんて意外だ」

「俺も意外だよ。でもおまえを見てるとそうとしか思えないんだよ。あともうひとつ聞きたいことがある」

「なんだい？　僕は今機嫌がいいから、なんでも答えてあげるよ」

たしかに機嫌はよさそうだ。これほどまでに愉快そうな表情をしている彼を見たことがなかった。

「レティシアの母親の病死は偶然なのか」

「偶然というと？」

「あの日……おまえは俺に遠方の仕事を押しつけていたよな。でも俺はなにか嫌な予感がしたんだ。虫の知らせってやつだ。そうしたらレティシアの母親が亡くなっておまえが慌てて現れた。俺を見て幽霊でも見たような目をして驚いていた。偶然なのか？」

矢継ぎ早に責めたてたポールを見つめながら、フェリクスは優雅に足を組みなおすと不敵に笑う。

「偶然だよ」

「できすぎだろ！　そんなことを信じろって言うのか！」

「証拠でもあるのかい？」

「なにを言ってるんだ……！」

「ポールは僕がなにを言っても信じない。本当のことを言っても嘘をついてもね」

悔しいが彼の言葉のとおりだった。ポールの心を読んだように、フェリクスはきれいにほほ笑んだ。

「だから、キミが好きなように思っていたらいいよ」

言い返せなくて唇を震わせていると沈黙が流れる。フェリクス以外の誰も近づかないようにと告げてあったせいか、使用人はひとりとして姿を現さない。重々しくなるほどの静寂の後、先に口火を切ったのはフェリクスだった。

「ねえ、ポール」

名前を呼ばれて視線を向けると、フェリクスは目を伏せてほほ笑んでいた。

「父さんの日記はどこにある？　そんなことまで書かれていたとは知らなかったよ」

「もう処分したよ。おじさんからそう頼まれたんだ」

「そう」

フェリクスは一瞬日記に意識を向けたようだったが、すぐに無関心であるかのような態度で笑った。素振りなのか本心なのかはわからない。

「フェリクス。おまえは大した男だよ。そこまでして……」

半ば本心からの言葉だった。女ひとりにここまで執着して、結婚にまでこぎつけたのは天晴れとしか言えない。ポールには真似できないことだ。

レティシアと結婚したいだけならば、ここまで面倒なことをする必要はなかっただろう。ふたりが大人になってから婚姻を結べばよかった。身分や世間的体裁などの問題はあっただろうが、フェリクスならやり遂げたはずだ。でも彼には、ここまでしなければいけない理由があった。なぜか。

結婚という方法では、幼いあの日にレティシアを手元に置くことができなかった。彼はすぐにでも孤児院の少女を近くに置きたかった。だからこんな面倒な手を使って引き取った。そのうえ兄妹の関係では満足できず結婚までしてしまったのだ。

　まさしくレティシアの一生を、あらゆる手で縛りつけている。

「そうかな。運がよかっただけだよ」

「またそれかよ」

「だって考えてもみてよ。ポールは父さんの日記を読んだのだろう？　それなら僕がどんな道をたどってきたのか知っているはずだ。うまくいったのは運が味方してくれたからこそ、だ」

「それは否定しない」

　フェリクスには才知以外にも、並外れた強運があったことは否めない。

　うつむいて唇を結んでいると、フェリクスが笑いをこぼす気配があった。なにがおかしいのだと顔を上げてにらみつけてやると、彼は端整な顔から表情を消した。

「知ってたかい？　レティは一時期、ポールのことが好きだったんだよ」

「は？」

「そのとき彼女に問えば、僕のことも好きだと答えたとは思うけれど、それは家族として。決して男としてではなかった」

　なにを言い出すのか。予想していたものとは違う言葉に、ポールは返答に困り唇を結ぶことしかできない。

「彼女を手に入れるまでのシナリオは、僕なりにいくつか練っていた。だがポールにあれほどまでに目を向けるのは予想外だった。僕の運もこれまでかと自分を呪ったものだったよ」

彼はあくまで淡々と語る。きれいな顔からは表情が抜け落ちているから、魂のこもっていない人形が話しているかのような錯覚を受ける。ブルーグレーの瞳だけが人の体温を保って、他者を惹きつける強さを宿していた。

「そんなとき、あの事故があった」

事故。バルコニーでのことだ。ポールが息を呑んでいると彼は続けた。

「僕は光を失った。一時は絶望したよ。レティをポールに奪われ視力まで失って、僕にはなにも残らないと本気で思った。でもそれさえも今となってはただの幸運でしかなかった」

無表情だった口元にやわらかな笑みがにじむ。ポールは見入るように彼の顔を凝視していた。

「レティは僕を選んで生涯支え続けると言った。一度は離れかけていたレティの気持ちが本当に僕に向いているのか知りたくて、ちょっと試すような真似もしたけれど、彼女は僕の仕事や生活の補佐をするため努力してくれた」

ポールは拳を握りしめる。かつての恋敵にふたりの絆を聞かせて惚気たいのか。だがフェリクスの真意は別のところにあるような気がした。

「そうすることによってレティのなかで今まで以上に、僕と一緒にいたいという気持ちが強まる結果となった。そしてレティはポールを見捨てて僕を選んでくれた。僥倖だったよ」

「おまえ……」

さすがに耐えられない。ポールが立ちあがると、フェリクスもつられたようにソファから腰を上げる。そして同性でさえ見惚れずにはいられない、美しい笑みをたたえて言い放った。

「キミのおかげだよ、ポール」

ポールはなにかを言い返したいのに、唇が震えて言葉が紡げない。彼と視線が絡み合っていると魂が縫いつけられたように身動きが取れないのだ。

「キミがあの事故を起こしてくれたおかげで、僕は完全にレティの心を手に入れることができたんだ」

感謝してもし足りないよ、と笑っている彼はどこから見ても狂っていた。

もしかしたら。

ポールは自分のなかでひとつの答えを出しつつあった。レティシアにとって母親は大切な人だった。フェリクスは妹の心に自分以外の誰かが、カケラほどでさえ居つくことが許せなかったのではないか。文字どおりすべてをフェリクス一色に塗り替えたかったのではないか。

だからフェリクスは、レティシアの母親の死期までをも正確に把握していた。彼が手を下したとは言わないが、なんらかの形で関わっていた。だからこそポールを遠ざけ彼だけが駆けつけられるよう計算していたのだ。

　これらの予想をフェリクスに問うたところで、彼はうなずくことも、かぶりを振ることもないだろう。人を食ったような笑顔で『キミの想像に任せるよ』と言い放つだけだ。

　ポールは薄ら寒いものを感じながらも、問わずにはいられない。

「これからどうするつもりなんだ。いくら結婚したところで義理とはいえ兄妹だったおまえたちに世間はやさしくないぞ」

　フェリクスに耐えられてもレティシアには無理だろう。けれど彼にはポールの考えなどお見通しのようで、目を伏せてかぶりを振った。

「ちょうど父さんも亡くなった。これを機会に僕たちのことを誰も知らない遠いところへ、レティとふたりで越すつもりだよ。それができるだけの財力はあるから」

　彼は涼しい顔で告げたけれど、それこそが最終目的だったのだと双眸が語っていた。だからアルベール家の家督にも会社の権利にもこだわらなかったわけだ。最初からなにもかもを捨てるつもりだったのだから。ほかでもない、レティシアという女を手に入れるために。

　ポールが次の言葉を発せないでいると、フェリクスは相変わらず心の底を見せない微笑で形のいい唇を開いた。

「ほかには？　ほかに聞くことはないのかい？」

絶句して立ち尽くすポールに興味を失ったのか、フェリクスは肩をすくめ、言葉をかけることもなく応接室から出ていった。

冷えた廊下に足音が響く。遠ざかり、完全に聞こえなくなったころにポールはつぶやいた。

「運？　いや、違うな」

フェリクスは癖のように『運』と口にするがそれは違う。彼が特別に強運なわけではない。彼は運を手繰り寄せてしまったように見えるくらい、執念深いだけだ。つかみ取るまで足掻いてその結果手にしただけの話だ。それを人は、偶然ではなく必然と呼ぶ。

応接室を出ると、廊下の向こうに中庭が広がっていた。隅には長い黒髪の女性が佇んでいる。レティシアだ。誰かを待っているのだろうか。彼女が待つ相手はひとりしかいないのに、そんなことを思う。やがてレティシアの待ち人が現れた。

かつての親友と、かつての想い人が肩を並べて歩く後ろ姿から目が離せない。

ふたりの薬指には血のように赤い宝石が光っている。レティシアを搦め捕って縛りつける薔薇は、彼そのもののように見えた。

了

あとがき

みなさまはじめまして。夏目《なつめ》あさひと申します。

このたびは『荊《いばら》の束縛』をお手に取っていただき、ありがとうございました。

憧れのレーベルであるソーニャ文庫さんから本を出していただけることになり、またこうしてみなさまのもとへ作品をお届けすることができて、感無量です。

挿絵を担当してくださったのは、白崎《しろさき》小夜《さや》先生です。イラストがすばらしすぎて参っています。フェリクスの仄暗《ほのぐら》い様子や、レティシアのかわいさに感激いたしました。文字の世界にさらに奥行きを持たせてくださり、本当にありがとうございました。

担当さん。いつも丁寧なご指導とアドバイスをありがとうございます。感謝してもしきれません。

そして読者のみなさま。

最後まで読んでいただきまして、本当にありがとうございました。少しでもみなさまの心に残る作品であれば、嬉しく思います。もしよろしければぜひ、ご感想をお寄せくださいませ。

それでは、またお目にかかれたら幸いです。

二〇一五年四月　夏目あさひ

この本を読んでのご意見・ご感想をお待ちしております。

◆ あて先 ◆

〒101-0051
東京都千代田区神田神保町2-4-7 久月神田ビル7階
㈱イースト・プレス　ソーニャ文庫編集部
夏目あさひ先生／白崎小夜先生

荊《いばら》の束縛《そくばく》

2015年6月6日　第1刷発行

著　者　夏目《なつめ》あさひ
イラスト　白崎小夜《しろさきさや》
装　丁　imagejack.inc
DTP　松井和彌
編　集　安本千恵子
発行人　堅田浩二
発行所　株式会社イースト・プレス
〒101-0051
東京都千代田区神田神保町2-4-7 久月神田ビル8階
TEL 03-5213-4700　FAX 03-5213-4701
印刷所　中央精版印刷株式会社

ISBN 978-4-7816-9555-6
定価はカバーに表示してあります。

Sonya ソーニャ文庫の本

『気高き皇子の愛しき奴隷』 御堂志生

イラスト 白崎小夜

Sonya ソーニャ文庫の本

『二人だけの牢獄』 富樫聖夜

イラスト Ciel

Sonya ソーニャ文庫の本

この腕の中で啼いていろ。

家が破産し、親に売られた伯爵令嬢のリリーは、彼女を買った若き実業家レオンハルトに愛人になるよう命じられ、純潔を奪われてしまう。しかし、昼夜を分かたず繰り返される交合は、従順な人形として育てられたリリーに変化をもたらしていき——。

『ゆりかごの秘めごと』　桜井さくや

イラスト　KRN

Sonya ソーニャ文庫の本

『**蜜夜語り**』 山田椿

イラスト 秋吉ハル